ベリーズ文庫

オオカミ御曹司、渇愛至上主義につき

pinori

STARTS
スターツ出版株式会社

目次

オオカミ御曹司、渇愛至上主義につき

「ゲームしようか」……6
「とっくに振られてるんです」……30
「俺が適任だと思うよ」……45
「俺のこと、知りたい？」……72
「好きじゃありません」……92
「惚れてもいいよ」【side.M】……106
「私がそばにいてあげます」……145
「あの告白って、まだ有効？」……177
「最低です」……203
「イタズラしちゃいますよ」……216
「ゲームセットですね」【side.M】……237

「甘やかしてあげる」…… 262

特別書き下ろし番外編

結婚までのカウントダウン…… 280

あとがき…… 304

オオカミ御曹司、渇愛至上主義につき

「ゲームしようか」


「篠原友里《しのはらゆり》ちゃん」

先輩の工藤《くどう》さんと一緒にいるところを、うしろから呼び止められた。

フルネームで呼ばれたことに警戒しながら振り向いた先にいたのは、社内で圧倒的な人気を誇る、松浦治《まつうらおさむ》だった。部署が違うため、彼とはこれが初めての会話だ。にもかかわらず私が松浦さんを知っていた理由は、社内を飛び交う噂《うわさ》だった。

〝カッコいいよね〟と、誰かしらが騒いでいる場面にはよく出くわす。とびきり美形な上、ある一流企業の社長を父に持つ御曹司らしい。加えて仕事ができるエリートとなれば、周りが騒ぐのも理解はできた。魅力がてんこ盛り状態だ。

そんな松浦さんに話しかけられ、ここぞとばかりにまじまじと眺める。

一八十センチ近い身長に、甘く整った顔。奥二重の目に、スッと通った鼻筋、そして形のいい唇。髪は社会人として好感を持てる長さで、ヘアスタイルだって凝ったものではない。それなのに、やたらと洒落《しゃれ》て見えるのは顔立ちや雰囲気のせいだろう。

服装はというと、チェックのシャツの上に濃いベージュ色のレザージャケットを羽織り、下はジーンズを合わせている。シンプルなコーディネートなのに雑誌から抜け出したモデルのように見えるのも、きっと同じ理由だ。

私は面食いではないけれど、それでも圧倒されるのだから、よほどなんだろう。通り過ぎていく女性がチラチラと向けてくる視線が私でさえうっとうしいのに、当の本人はまったく気にするわけでもなく綺麗な微笑《ほほえ》みを浮かべていた。松浦さんにとっては、これが日常らしい。

「……よく、私のフルネームなんて知ってましたね」

松浦さんは有名人だから私も知っているけれど、私の名前を知られているのはおかしいと疑問を抱いた。

探るようにジッと見ると、松浦さんは「知ってるよ。気になってたから」と答える。

「趣味は読書だよね」

なるほど、参加者名簿を見たのか……と、趣味を言い当てられたことで納得する。親睦を深めるためか、組合が作成した参加者名簿には入社年数と趣味の欄が設けられていたから。

今日は、社員旅行で水族館と遊園地が併設されている施設に遊びにきている。バス代もフリーパス券も組合持ちという大盤振る舞いの社員旅行は、年に一回か二回のペースで催されている。

私たちが配属されている本社には二百人近い社員がいるけれど、今回の旅行に参加したのは五十人弱。ほとんどが入社数年目の若い社員だった。

立ち止まっている間も十一月の冷たい風がぴゅうぴゅう吹き付けてくるし、一刻も早く水族館に避難したい思いでいっぱいだった。

「で、なんでしょうか」とそっけなく聞く。

ほぼ初対面に等しいのに呼び止められる理由が見つからず眉を寄せていると、松浦さんはにこりと笑う。

綺麗だけど、胡散《うさん》臭い笑顔だと思った。

「ちょっと話があるんだけどいいかな。できたらふたりで」

「……なんでしょう。ここだとまずい話ですか？」

あまりふたりきりにはなりたくない。直感的にそう思って聞くと、松浦さんは「んー」と曖昧に笑う。

「俺はいいんだけど……友里ちゃんにとってはあまりよくないかもしれない」

暗に〝弱みにぎってますよ〟とでも言わんばかりの態度をとられて黙り込む。やましい秘密はないけれど、なにか含んだ笑みを向けられれば不安にもなってくる。

「話くらいはいいんじゃない？」

そう助言をくれたのは工藤さんだ。顔を近づけた工藤さんの肩から、長い黒髪がパラパラと流れる。

「日中だし人目もあるし、変なことはされないでしょ。そもそも松浦さんは女には困ってないだろうし。いくらかわいいも綺麗も、ついでに凍るような性格も持ち合わせた篠原相手でも襲ってきたりしないいんじゃない？」

誉め言葉半分、悪口半分のアドバイスに、まぁそれも一理あるか……と頷《うなず》く。そんな私たちの様子を見ていた松浦さんは、眉を下げ笑みを浮かべた。

「話するかどうか悩むくらい、俺のイメージって悪いの？」

「……いいか悪いかで言ったら悪いですね。松浦さんだって社内に流れる自分の噂を知らないわけじゃないでしょ？」

「社内で流れた噂を全部鵜呑《うの》みにしちゃうの？　で、事実かどうかも確かめないで、俺にそんな失礼な態度とるんだ？」

即座に返された言葉にぐっと押し黙ると、松浦さんは「かわいいね」と挑発するように笑うから、そのままにしておけずに口を開いた。

「いいですよ。話くらいなら聞きます。ただし、名前で呼ぶのはやめてください」

睨《にら》むようにして釘を刺すと、松浦さんは満足そうな笑みを浮かべ……その表情に、うっかり挑発に乗せられてしまったことを後悔してももう遅い。

「松浦さん、篠原の扱い方心得てるね。ドライに見えて割と好戦的な部分、直した方がいいよ」

私の背中にボソッと言った工藤さんが「気を付けてね」と注意をうながすから、自分の性格を恨みながら頷いた。工藤さんの言う通り、負けず嫌いなところは直した方がよさそうだ。

……それにしても。松浦さんが私のそういう性格を前から知っていたとは考えにくいから、今の会話だけで私の性格を見抜いたってことだろうか。

洞察力の鋭さに居心地の悪さを感じ、顔をしかめていると、松浦さんは「場所を移そうか」と爽やかな顔で言った。

私や工藤さん……そして、ついでにいうと松浦さんが勤めるのは、大手飲料メーカーだ。新幹線が乗り入れる駅から徒歩十分ほどのオフィス街にある本社で働いている。

地方にある支部の工場ほど大きな施設ではないけれど、本社にも隣接する工場があり、そこでは昼夜関係なく飲料製品を製造している。

六階建ての本社と平屋建ての工場の間には渡り廊下があり、自由に行き来ができるよう造られている。けれど、本社勤務の社員がその渡り廊下を使う機会はほぼない。

というのも、現場の仕事は専門的知識を要するし、現場に入るためにはいろいろと準備がいる。作業着に着替えたり消毒を行ったり、アイメイクをしている場合にはさらにゴーグルまで必要になったりと結構大がかりな準備が必要となるためだ。

ちなみに、本社の社員には作業着着用のルールはないため、男性はスーツ、女性はオフィスカジュアルが一般的だ。

だから、こうして松浦さんの私服姿を見るのもこれが初めてだった。

松浦さんが足を止めたのは、イルカが泳いでいる巨大水槽の前だった。

『イルカって、ひとの言葉がわかるって本当なんですかね』

さっき松浦さんが話しかけてくる前、工藤さんとそんな話をしていた。タイミングのよさになんとなく気味の悪さを感じながら、松浦さんから数歩分距離をとって立ち止まる。

青く薄暗い館内、水槽だけが淡い白い光を放っていた。

水槽の厚いガラスに反射した自分の姿をぼんやりと眺める。

工藤さんが言ってくれた通り、容姿だけで言えば私は確かに恵まれた方なのかもしれない。

わずかに吊り上がった二重の目に、薄い唇。ハニーブラウン色に染めた髪には緩いウェーブがかかっていて、長さは胸ほど。前髪は眉の長さで揺れている。

父親が未《いま》だに『かわいいなぁ』とベタ褒めする母親に似たおかげで、言い寄られることも少なくない。けれど、それは初対面の時限定だ。この冷めた性格を知った上でアプローチしてくるひとは少ない。

どんなに勢いよく口説いてきても、そのテンションが続くのはせいぜい会話し出して三十分までで、たいていのひとはすぐに引いていく。

『楽しい顔ひとつできねーの？』とか『血、通ってないんじゃないの』と、捨て台詞を吐かれることも多々あった。ごくたまに『その冷めた目たまらない……！』とおかしな趣向の持ち主が現れたりもするけれど。

もちろん、どちらのタイプとも付き合うまでには至らなかった。好みうんぬんではなくて……私には、好きなひとがいるから。

振り返ると、通路は水槽の前だけがぼんやりと明るくなっている。まるで、暗い部屋でテレビだけがついているような、そんな感じだった。

もちろん、館内はもう少し明るいし危険がないよう通路の両端には雰囲気を壊さない程度の照明も埋められているけれど……子どもだったらわくわくせざるを得ないような暗さであることは確かだった。

そんな外の雰囲気なんて知らん顔で水槽の中を我が物顔で泳ぎ回るイルカに心を奪われる。ぐんぐんとスピードに乗って泳ぐ姿は見ているだけで爽快で、うるさいジェットコースターなんかよりも気持ちよく思えた。

そういえば水族館に来るのは久しぶりだな……とイルカを眺めながら考えていると、松浦さんが話しかけてくる。

「イルカってひとの言葉がわかるっていうけど、あれって本当だと思う?」

さっきの会話をなぞるような言葉に、また少し気味悪さを覚えながら「さぁ」と答える。挑発に乗った手前、仕方なくついてはきたものの、正直、真面目に話す気なんてさらさらなかった。

「イルカ好き? 俺はクラゲの方が好きかな」

世間話をするつもりはない。「そんなことより本題はなんですか」とそっけなく言うと、松浦さんはやれやれとでも聞こえてきそうな笑みを浮かべた。

「友里ちゃん、俺に相当興味ないよね。趣味が変わってるとかよく言われない?」

「名前で呼ぶのやめてください」

水槽の中では四頭のイルカが気持ちよさそうに泳いでいる。それを眺めながら冷たい声で言うと、松浦さんが私を見たのが視界の隅でわかった。

「じゃあ単刀直入に言わせてもらうと」

そこで一度区切られる。仕方なく視線をやれば、松浦さんはそれを待っていたように微笑み、続きを口にした。

「俺、友里ちゃんのこと気に入ったんだよね」

内心〝は？〟と思い瞬《まばた》きを繰り返す。松浦さんは、私の反応を楽しむようにただ目を細めていた。

瞬間的に浮かんだのは社内で流れる噂で〝誰にも本気にならない〟という部分だったけれど、ただの噂を信じるのかと問われたのはついさっきのこと。〝やっぱり信じてるんだ、そんな噂〟なんてまた馬鹿にされるのは嫌だし、違う言葉を探した。

「ありがとうございます。でも、他をあたってください」

巨大水槽の前には、親子連れやカップルがぽつぽつと立っている。

みんな一様に楽しそうな表情を浮かべるなか、こんな真顔なのは私だけかもしれない。もしもイルカからもこちらが見え、しかも人間と同じような感覚があるとしたら、とても失礼な客に映っていると思う。

「そんなふざけた告白に頷くわけないじゃないですか」

失礼な発言をしている自覚はあった。

告白をされたのにこんな返事の仕方はあまりに誠意に欠ける。いくら愛想のない私でも、普段なら真剣な告白に対してはもう少し思いやりを持って答える。相手を傷つけてしまっているのがわかるから。

でも、松浦さんはそのかぎりではない。

だって、『気に入ったんだよね』という言葉に、真剣さはまったく含まれていなかった。誰が聞いても本気じゃなかった。

「さっき、噂を鵜呑みにしているのかって松浦さんは笑いましたけど。私は、あそこまで広まりきっている噂の全部が嘘だとは思えません」

火のないところになんとやらだ。

視線をゆっくりと動かし、隣に立つ松浦さんを観察するようにジッと見る。水槽からの淡い光を受けた顔は、私と目が合うなり綺麗な笑みを浮かべた。

背が高いせいでなんとなくひょろっとして見えた体形は、こうして並んでみると意外としっかりとしていて、きちんとした男性だった。体の厚みが全然違う。

「ちなみに、俺の噂ってどんな？」

「誰にも本気にならない、とか、来る者拒まずとか……。派手な恋愛遍歴を重ねてるって聞いてます」

聞いた噂をそのまま並べると、松浦さんは「そう聞くと確かに派手だな」と笑い、ひとつ息をつく。

「まぁ……ごまかすつもりもないから俺も本音で話すけど」

そう前置きした松浦さんが、目を細める。

「誰にも本気になれないっていうのは本当かな。後腐れなさそうならっていう条件はつくけど、来る者拒まずっていうのも間違ってはいない」

目を奪うような魅力的な笑みで、耳を疑いたくなるような最低な発言をした松浦さんは「だから、俺に本気の子は論外かな」と続けた。

「……噂、事実じゃないですか」

あまりにひどい恋愛観に圧倒され、返事をするまでに間《ま》が空いてしまった。松浦さんはちっとも悪びれた様子を見せずに笑顔で続ける。

「嘘も多少は混ざってるよ。俺だっていたずらに女の子を傷つけたいわけじゃないし、そのへんは弁《わきま》えてる。だから、いつもなら本気で恋をしているような子には近づかないんだけどね。今回は、興味が湧いた」

なにか意味を含ませたような笑みに捕らえられ、瞬間的に言葉を失う。けれど、ここで黙ったら私が本気で恋していると肯定してしまう気がして、慌てて口を開いた。あくまでも平静を装う。

落ち着け、まだバレていると決まったわけじゃない、と自分に言い聞かせる。

「とにかく、最低ですよ。フラフラ遊んで来る者拒まずとか、三十歳を目前にした男性がするような恋愛にはとても思えないんですが……頭大丈夫ですか？」

攻撃は最大の防御とばかりに、嫌悪感たっぷり、ついでに嫌味もたっぷり込めて言うと、松浦さんは「あれ。俺のこと少しは知っててくれてるんだ」と嬉しそうにする。

結構ストレートな嫌味だったのにスルーされて、しかもこんな嬉しそうな笑みを浮かべられてしまい、戸惑いから目を逸《そ》らした。

てっきり、ムッとすると思っていただけに、こんな反応をされると返事に困る。徹底抗戦しようとしていたのに、出鼻をくじかれた気分だった。

「名簿に載っていたのを覚えていただけです。明日になれば忘れます」

「わざわざ俺のところ読んでくれたんだ」

「探すまでもなく、入社年数で目立っていただけです。入社二、三年目のひとが多いのに松浦さんは八年目だったから……あの、なに言われても絶対無理なので、やめてもらえます？」

「なにを？」

キョトンとした目で聞かれ、「だから……」と口をもごもご動かした。

やっぱりこのひとは苦手だ。なにを言っても、本心なんだかどうだかわからない適当な言葉と笑みで躱《かわ》されているようで、ペースが乱される。

「私に気があるような態度をするのを、です。さっきから、私がちょっと松浦さんのことを知っていたからって喜んだ顔したり……そういうの、演技なんでしょうけど、まるで私が期待させているようで、もやもやしてすごく気持ち悪い……」

「だって嬉しいから」

言い切る前に綺麗な笑顔で告げられる。

一瞬言葉を失ってから「だからそれを……っ」とうっかり声を張り上げたところでハッとして口を噤《つぐ》んだ。

静かな館内に響いてしまった自分の声に、バツの悪さを感じながら眉を寄せた。

「……もういいです」

水族館で大声を出してしまうなんてどうかしている。それもこれも全部松浦さんのふざけた態度のせいだ、と責任を押し付け、気持ちを落ち着かせるようにひとつ息を逃がした。

「とにかく、松浦さんがなにを言ったところで、私は松浦さんを好きにはなりませんし迷惑でしかないんです。軽い関係も望んでいません」

一気にそう言った後「何度でも言いますけど、松浦さんの恋愛観、最低ですよ」と念押しする。軽蔑しているのが伝わるような顔をしたのにもかかわらず、松浦さんはケラケラと笑った。

「よく言われる」

「……でしょうね」

暖簾《のれん》に腕押しとは、こういうことを言うんだろう。今度こそ呆《あき》れ果てて水槽の中のイルカに視線を戻す。つまらなそうな顔で見たからか、イルカがどこか迷惑そうに離れていった。

本当だったら工藤さんと楽しく見るはずだったイルカを、まさか松浦さんとこんな最悪な気分で見ることになるなんて思ってもみなかった。

青は、本来ならば冷静にさせてくれる色らしいけれど、水槽の中に広がる青白い世界は、いくら眺めても気持ちを落ち着かせてはくれなそうだった。それに、どんなに冷静になったところで松浦さんの最低ぶりは変わらない。

……まぁ、どうでもいいか。考えてみれば他人の恋愛観なんて私には関係のない話だ、と割り切り、ひとつ息を吐いてから口を開く。

女性グループからチラチラと好意のこもった視線を感じるし、一刻も早く松浦さんから離れたかった。

「とにかく、もう松浦さんの恋愛観はどうでもいいので、今後私に構うのはやめてくださ――」

「加賀谷《かがや》さん、だっけ。強面《こわもて》の顔に反して面倒見のいい男。あのひとも女性社員から人気が高いみたいだね」

ぴたり、と時間が止まったようだった。

水槽の中のイルカは力強く泳ぎ続けているのに、私の時間だけが、なにか重たいものに上から押さえつけられたように動かない。

なかなか振り向けない私を、松浦さんは満足そうな表情を浮かべて見ているみたいだった。

加賀谷さんというのは、私や工藤さんの上司だ。年齢は私の十歳上。そして、加賀谷さんは……現在進行形で私の好きなひとだった。

「なん、で……」

数秒後、なんとか目を合わせてそう問うと、松浦さんはふっと笑い水槽に視線を移す。心臓がドッドッと不穏な音を響かせていた。

「友里ちゃんのいる部署を実質動かしてるのは課長の加賀谷さんらしいね。上も彼の手腕を買ってるし、本部長から部長をサポートして部署を立て直してほしいって直々《じきじき》に頼まれたとか」

そうじゃない。聞きたいのは、どうして今、ピンポイントで加賀谷さんの名前を出したのかということだ。

けれど、この話題を続ければきっと松浦さんは私の想いに気付く。なぜかわからないけれどそう直感し、なにも言えなくなっている私を、松浦さんは横目で見た。

青白い淡い明かりを反射する瞳に捉えられ、びくっと肩を揺らす。

「俺と仲良くしていれば、加賀谷さんに気にかけてもらえるよ。俺って女関係、悪い噂しかないみたいだから、そんな俺と一緒にいれば世話焼きの加賀谷さんは友里ちゃんを心配してくれる。まぁ、ベタではあるけど悪くないと思うけどなぁ」

意地の悪い笑みを見る限り、十中八九、松浦さんは私の片想いに気付いている。社内ではほとんど接点のない松浦さんが、どうして気付いたのかという疑問は残るけれど……私の勘違いではなさそうだった。

……気付かれている。それでも素直に認めるわけにはいかず「なんの話をしてるんですか?」と目を逸らしてみたけれど、松浦さんは引かなかった。

「いい案だと思うんだけどなぁ」

笑みを含んだ瞳がちらりとこちらを見る。

「それとも、そんなずるいことしてまで手に入れたくない? だとしたら、随分綺麗な世界で生きてきたんだね」

ややバカにされたような言われ方をされムッとする。

「そういうわけじゃありません」

「所詮、恋愛なんてお互いにどっかしら騙《だま》し合いながらしていくもんだよ。始まりはずるくても、恋人になってから関係を作り上げればなんの問題もない。きっかけなんてなんでもいい。後で笑い話にできるくらいの仲になればいいってだけの話」

松浦さんは、そう一気にたたみかけた後で、わざとらしい笑みを作り私に向けた。

「あー……でも。もしかしたら、友里ちゃんには難しすぎるかな」

また名前で呼ばれたけれど、ここまできたら呼び方なんてどうでもよかった。

自分が冷めた見た目に反してムキになりやすい性格だと知っているだけに、気持ちを落ち着かせるよう息を逃がす。さっきはうっかり挑発に乗ったせいでこうして話すことになってしまったけれど、また同じ手に引っかかるほど単純じゃないつもりだ。

「そんな挑発には乗りません」とはっきりと告げた後で、ゆっくりと目を伏せた。水槽の底にあるライトが青白い光を水槽内に送っていた。

イルカは悠々と青い水の中を泳ぎ回る。

「もうバレているみたいだから白状しますけど、私の気持ちは松浦さんが想像した通りです」

それを認めてから続ける。

「正直、私はそこまで綺麗な思考回路はしていませんし、松浦さんの言っている意味もよくわかります。きっかけなんてどうでもいいとも思う。関係をきちんと作り上げるのはそれからでも充分だとも。でも……」

伏せていた視線をゆっくりと上げると、こちらを見ていた松浦さんとすぐに目が合う。アーモンド形の綺麗な目を、強い意志を持って見上げた。

「加賀谷さんとのことは、ズルして汚したくないんです」

目を逸らさずに告げると、松浦さんが息を呑んだのがわかった。

てっきり〝なに真面目な顔してるの〟みたいなことをヘラヘラして言われると予想

していただけに拍子抜けする。

黙り込んでしまった松浦さんを不思議に思いながらも、もう用はないとさっさと背中を向けた。

「他をあたってください」

残りの数時間を工藤さんと過ごした後バスに戻ると、半分ほどの社員がすでに座席についていた。

社で用意したバスは二台。どちらに乗るかは自由だけど、出発時、松浦さん目当ての女性社員がもう一台に乗り込んだため、私たちの選んだバスはやや男性率が高かった。

空席も多い分、二シートをひとりで使うという贅沢ができて、それはとても快適だったはずなのに……私の席に人影を見つけピタッと止まる。

私の座席だったはずのシートに我が物顔で座っている松浦さんが、こちらを見上げてにこりと笑う。

「おかえり。友里ちゃん」

「どいてください」

「とりあえず座ったら？　通路に立ってたら邪魔になるよ」

「だったらそこどいてください。私の席ですし、松浦さんの席はあっちのバスだと思いますが」

うしろに待っているひとがいないことを確認しながら言うと、松浦さんはへらっとして答える。

「帰りはこっちのバスで帰ろうかと思って。席も空いてるみたいだし、友里ちゃんとも話したかったしね」

そう笑った松浦さんが、チラッと一番うしろの席に視線を移す。

「さっきの話をここで大声でされたくなかったら早く座った方がいいよ」

バスの一番うしろに座っているのは加賀谷さんだ。

暗に松浦さんは〝加賀谷さんのことバラしてもいいの？〟と言いたいんだろうということがわかり、むすっとした顔をして隣に座る。でも、気持ちが収まらなくて、前を向いたまま口を尖《とが》らせた。

「あっちのバスでは今頃松浦さんがいないって女性社員が騒いでいるんじゃないですか」

「ちゃんと他のヤツには言ってきたから問題ないよ。まぁ、女の子は少し騒ぐかもしれないけど」

「もしもこっちに女性社員がなだれ込んで来たら、すごく迷惑なんですけど」

「その時はかくまってよ」

軽く笑う横顔をチラッと見た後、ため息をつき背もたれに後頭部をくっつける。

「何度も言うのは失礼かと思いますが、迷惑なんですよ。すっごく。この上ないくらいに。もう二度と話しかけてほしくないんです」

切実に、そして遠慮なくはっきり告げたっていうのに、松浦さんはくっくっと喉の奥で笑う。

「友里ちゃん、厳しいね」

全然こたえていない様子にはいい加減うんざりして、思わず眉が寄っていた。

私がどんなに遠慮なしの本音をぶつけても、このひとには響かないらしい。

「松浦さんの耳、いったいどうなってるんですか……」

耳よりも脳の問題だろうか。

つまらない言葉にいちいち傷つかれるよりも厄介に思えてげんなりする。ここまで真《ま》に受けてもらえないなんて初めてで対処法がわからない。

バスの中に、ひとり、またひとりと社員が増えていく。次第にざわざわとし出す車内では、「あれ、なんで松浦がいるんだ？」なんて話題もたまに聞こえていた。

その問いかけに松浦さんは「こっちのバスの方が楽しそうなんで」と、明るい声で答えてから私に視線を戻した。

「心配しなくても強引なことはしないよ。そういう趣味はないから」

「強引だろうがなんだろうが、私が迷惑がってるのにしつこく口説いてきた時点でセクハラですよね？　これ以上しつこくするなら、週明けに朝一でコンプライアンス窓口にメールします」

はっきりと言ってから体を起こし、松浦さんを見た。

「セクハラで訴えられるなんて松浦さんだって屈辱でしょ。わかったらとっとと自分のバスに戻って……って、なにそんな驚いた顔してるんですか」

呆気にとられたような顔をしている松浦さんに、思わず失笑する。

強引に迫られたり接触されたりだけがセクハラじゃない。髪の長さがどうだとか、メイクがどうだとか、そんなことを話題に出しただけでもアウトだと騒がれているのだから、松浦さんのこれだって充分該当するハズだ。

そう判断しての発言だったけれど……まさかセクハラなんて言い出されると思っていなかったのか、松浦さんはしばらく言葉を失ってから口を開く。

まだ、驚いている様子だった。

「もしかして、本気で嫌がってる？」

は？と、大声を上げなかったのを褒めてほしいくらいだった。このひとの目に、イルカの水槽前の私がどう映っていたのか教えてほしい。

「耳どころか目もどうかしてるんですか」と力なく言うと、松浦さんがハハッと笑う。

「いや、正直、ここまで本気で拒絶されたことは初めてだったから新鮮で」

「それ、絶対に松浦さんが気付かなかっただけで今までもあったんですよ。軽い気持ちでつきまとわれて迷惑に思わないひとばかりなわけないでしょ」

男女間に〝本気じゃない好意〟なんてありえない。少なくとも私はそういう考えだし、絶対に私が多数派だ。

けれど、松浦さんは、まるで私がなにもわかっていない、とでも言いたそうな笑みを浮かべた。

「迷惑に思った子がいないとは言わないけど。とりあえず、俺を前にしてそこまで露骨に拒否したのは、友里ちゃんが初めてかな」

『俺を前にして』の部分が、なぜか〝この俺を前にして〟というニュアンスに聞こえ、思わず返事さえ忘れていると、松浦さんはそんな私ににこりと笑う。

「でも、セクハラで問題にされたらさすがに俺も困る」

「だったら――」

「だから、まずは友達になってもらえるように頑張ろうかな」

「友達って……え?」

思いがけない言葉に、ポカンとしてしまった私を見て、松浦さんは「それならいいよね」と目を細める。

「これからよろしく。友里ちゃん」

「本当に……どうしたら引いてくれるんですか……?」

「簡単だよ。俺の告白に応えればいい」

「……もういいです」

切実な声も、直接的な嫌味も、このひとには届かない。

おそらく、他の女性が見ればうっとりと表情をとろけさせてしまうような極上の微笑みを向けられているっていうのに。これっぽっちもときめかない私の胸は、もしかしたら不良品なのかもしれない。

松浦さんの楽しそうな顔を眺めながら、そんなことをぼんやり考えることしかできなかった。

「とっくに振られてるんです」

私と工藤さん、そして加賀谷さんは第二品質管理部に、松浦さんは企画事業部に配属されている。

第二品質管理部……略して、第二品管で行う仕事の内容はというと、言葉通り、製品の品質管理だ。

第二品管ができた当初はおそらく、第一品管ではまかないきれなくなった部分を補完していればよかったのかもしれない。けれど、今や手を広げすぎた仕事内容は、〝これは本当に品管の仕事だろうか〟と思うようなものから〝絶対に違う〟と確信してしまう業務までさまざまだ。

例えば、お客様から入ったクレームへの対処用文章の作成だったり、製造ラインで使っている機材の取り替え時期の管理だったり、月に一度更新される〝本部長からのひと言〟という社内報を印刷し、食堂前の掲示板に貼ったり。

日々、任される雑用の範囲が広がっている気がする。

第二品管のメンバーは、部長も合わせて九人。部長以外の八人はデスクを向かい合わせて大きな島を作っていて、部長のデスクだけは少し離れた場所に置かれている。

「さて。会議に行かないとだなー。ふわぁあ……」と大きな欠伸《あくび》をしながら離席した部長が、フロアを出ていく。その様子を見届けてから、隣の席の麻田《あさだ》くんが「部長って眠くない時あるんですかね」といつも通りの軽い口調で話しかけてくる。

麻田くんは、一年後輩の男の子だ。茶色く染めた耳にかかる長さの髪は、たまに部長から注意を受けているけれど「明日直してきまーす」と言うだけで一向に黒くも短くもならない。

一応、上司からの直々の注意なのに……とは思うものの、部長のあの仕事ぶりでは、素直に従わないのも無理はないように思えた。会議での居眠りとミスしかしていない部長をナメるなという方が難しい。

現に、来月のスケジュール提出が明後日に迫っているっていうのに、部長から、スケジュールを提出するために必要とされるフォーマットが送られてこない。総務部からはおそらくとっくに部長に送信されているはずのそれは、部長のメールボックスで眠ったままなのだろう。

提出が遅れて注意されるのは部長だ。仕事の進捗が遅れてしまうだとか、こちらが迷惑を被る可能性がない限り、部長は放っておこうというのがいつの間にか部署内での暗黙の了解となっていた。

「多田《ただ》部長、仕事できないからどこの部署も欲しがらなくてたらい回しにされてるって噂、事実だったんすねー」

茶髪にシルバーフレームの眼鏡姿の麻田くんの口ぶりは、さすがに言いすぎだなと思いながらも注意する気にはならなくて「次の異動で部長職からおろされるって噂だけどね」と返す。

この部署に、多田部長に不満を抱えていない社員はいないから、誰に聞かれたところで問題はない。

「へぇ。さすがに人事も動いたんすね。そしたら次、誰が部長になるんだろ。あんまり厳しくても嫌だなー」

麻田くんの雑談を聞き流しながら、土日のうちに溜まっていたメールをひとつひとつ確認していると、加賀谷さんが浮かない表情でこちらに歩いてくるのに気付いた。手にはなにやら書類を持っている。

本社三階には三つの部署があるけれど、基本的に部署同士を遮る壁はない。広い空間を、ただパーテーションで区切ってあるだけだ。

ちなみに、三階にはこの部屋以外にも十畳ほどの会議室がふたつあり、今、多田部長はそこでの会議に出ているというわけだった。

他の部署のひとと、ひと言ふた言交わし笑顔を見せた加賀谷さんは、再び書類に目を落とすとため息をついた。なにかあったのかな……と思いながら眺めていると、視線がぶつかる。〝見られてたか〟とでも聞こえてきそうなバツの悪い笑みに、胸の奥がキュンとしめ付けられた。

黒髪短髪で清潔感あふれる加賀谷さんだけど正直なところ、目つきはよくないかもしれない。スッと鋭い印象があるから。

ただ、顔立ちは硬派な感じで整っているし、穏やかで親しみやすい性格から、部下からの信頼は篤い。仕事ができて頼りになる点も、人気の理由だろう。

『目つき悪いせいで新人によくびびられるんだよなー』と、気にしてないような笑顔で言いながら実は気にしているのが、ちょっとかわいい。

「どうかしましたか?」

内心、萌えていることを隠して平静を装って聞いた私に、加賀谷さんが複雑そうな微笑みで説明する。

「いや、クレーム対策室の部長から頼まれたんだけどさ、これってうちの部署の仕事かなって考えてただけ」

私のデスク近くで足を止めた加賀谷さんが、それまで持っていた書類を私に手渡す。

見れば、ここ数年で一番ヒットした緑茶製品の工程表だった。

「これがどうかしたんですか？」

「どうもクレームが入ったらしいんだけど、その顧客がちょっとややこしいんだよ」

「ややこしい？」

クレームと、この工程表がどう関係しているのだろうと首を傾《かし》げる。

「飲料メーカーに勤めていた経験があるとか、それほどじゃないにしても製造の現場を知っているような口ぶりだって話だ。簡単に言うと〝緑茶の濃度が違う気がする。どうなってるんだ。工程表見せろ〟っていうことらしい」

「……なるほど」

「工程表は社内秘だと説明しても、屁理屈をこねて聞かないって話なんだ」

工程表なんて単語を出してくるってことは、加賀谷さんのいう通り、なにかしらの製造現場を経験したひとなんだろう。少なくとも私は、入社するまでは工程表なんて知らなかった。

「最後は〝そっちまで行くから工程表見せろ〟って興奮してたらしいから……まぁ、念のためにってところだな。本当に来た時、用意していないってなったら、こちら側の誠意が足りないと言い出しかねない」

このクレームをつけてきたひとが、純粋に疑問に思って工程表を見せろと言ってきたのか、それともただ難癖をつけて困らせようとするタイプなのかはわからない。でも、工程表を要求してきている以上、会社としては、それに応えるのか断るのかはっきりと返事をする必要がある。

「じゃあ、もしも本当にその方がいらっしゃった場合、外部に出してもいい部分だけを抜粋して見せる……という感じですか？」

工程表は、すべてが内部機密というわけではないけれど、外部に漏らしてはまずい情報も含まれている。だから今あるこれをそのまま顧客に見せるわけにはいかない。

クレームを受け付けているのはそれ専用の電話だし、クレーム対策室が工程表をアレンジしたものを顧客に見せるということだろうか。

ややこしそうだな……と考えていると、加賀谷さんは「まぁ、そんなとこなんだけど」と歯切れ悪く話し出す。

「それをうちの部署でやれって話なんだ。クレーム対策室で対応してくれるように頼んだけど、はねのけられてさ。最近は当たり前みたいにクレーム対策の書類作成とかうちの部署に回ってきてたけど、それってどう考えてもおかしいだろ。だから、これを機にどうにか断ろうって考えていたところ」

やれやれと疲れた顔で話す加賀谷さんを見ていたら、「私、やりましょうか？」という言葉が自然と出ていた。加賀谷さんに「でも、篠原も手いっぱいだろ。大丈夫なのか？」と心苦しそうに聞かれ頷く。

「大丈夫です。来週半ばくらいまででいいですか？」

「ああ。月末までで問題ない。一応、クレームが入って一カ月以内に解決策を出したって結果が出せれば上は満足なんだろうし。悪いな。俺も今週会議続きで時間がとれそうもなくて……申し訳ない」

「そんな気を遣ってくれなくていいですよ。それに加賀谷さん、今週、出張もありますし、これくらいなら私にもできますから」

見上げると、不意に加賀谷さんが腰を折り顔を近づけてくるからドキリとする。

「この件も含めて、他部署と交渉する。それまで頼むな」

近距離から放たれる笑顔に撃ち抜かれる。

申し訳なさそうに微笑む加賀谷さんの頼みなら、もう、どんな厄介な案件だろうと引き受けたい衝動に駆られながら「はい」となんとか答えると「今度、おわびになにか奢《おご》るな」と言い、加賀谷さんが自分のデスクにつく。

私のふたつ左の席に座りパソコンを起動させる横顔をこっそりと堪能してから椅子に座り直す。そして、高揚した気持ちを切り替え書類に目を通そうとしていると、ふと、向かいの席からの視線に気付いた。

顔を上げると、冷めた顔の工藤さんと目が合う。

『忙しいくせにそんな仕事引き受けちゃって……』と暗に言ってくる瞳から、すっと目を逸らした。

だって。大好きなんだから仕方ない。

「篠原って、案外わかりやすいよね」

十三時の食堂。隣に座る工藤さんに言われ、眉を寄せた。

「ひとの顔見てないで仕事に専念してください」

「そういう冷たい答えが返ってくるってわかってるのに、不思議と嫌がられれば嫌がられるほど構いたくなるんだよね。篠原って末っ子？」

オムライスを食べながら聞かれ「まぁ、歳《とし》の離れた兄はいますけど」と答える。

私は職場のひととその枠を超えて仲良くできるタイプではないし、必要性も感じない。けれど、二年先輩の工藤さんとは波長が合い、付き合いが四年目になった今は片想いの相談までできる仲になった。

「歳の離れたお兄ちゃんか……。ああ、だから篠原って年上が好きなのかな。あのひと、篠原よりも十歳くらい年上だもんね。あと三カ月もすればバレンタインだし、チャレンジしてみればいいのに」

工藤さんが突然そんなことを言い出すから、「ちょっと、社内で……っ」と慌てたところで第三者の声が割り込んできて心臓が跳ねた。

「なんの話？　俺も交ぜてよ」

声がした方に視線を移すと、私の向かいの椅子を引く松浦さんの姿があった。驚きから言葉を失う。

テーブルに私と同じA定食のトレーを置いた松浦さんが、ニコリと微笑みかけてくる。一緒にランチなんて冗談じゃない。けれど、食堂での相席を断るのも過剰反応な気がして困っていると、工藤さんが言う。

「土曜日、帰りのバスの中で篠原と松浦さんが話してたこと、少し聞こえちゃったんだけど。篠原の秘密、バレちゃったみたいね」

横を見ると、工藤さんは視線をこちらに向けることもなく、オムライスを食べていた。

バスでは、工藤さんは私の前の席だった。だから、私と松浦さんの会話が聞こえていてもおかしくない。でも……そうか。土曜日の時点で、私の片想いがバレたことを知っていたのか、と気付いて、胸の奥が温かくなる。

朝だって更衣室で一緒になったし、話すタイミングなんていくらでもあった。それなのに今まで黙っていてくれたことにホッとする。こうやって、私の内側に進んで踏み込んでこないところがとても好きだと思う。

今だって、松浦さんがこうして相席してこなかったらこの話はしなかっただろう。

「そうらしいです」

「それ、大丈夫なの？　見る限り、口がすごく軽そうなんだけど」

「私もそこが心配なんですけど……でも、とりあえずは大丈夫そうです」

松浦さんは最終的に〝友達になろう〟みたいなことを言っていた。ということは、進んで私に嫌われるようなことはしないハズだ。つまり、加賀谷さんへの片想いを周りにバラすようなことはしない。

そう考えると、ずっと私と友達になろうとしてくれていた方が秘密にしておいてくれるだろうし、こちらとしては助かるな……と一瞬考えてから、すぐにその考えを払い落とした。

ダメだ。松浦さんにずっと付きまとわれるなんて面倒くさい。そもそもこのひと、私と友達になってどうするんだろう。ただの暇つぶしってことだろうか。そんな風に思いながら見ていると、「全部聞こえてるけど、わざと?」と苦笑いで聞かれるから、「わざとです」と答え目を逸らした。

「松浦さんって、バレンタインとかはどうしてるんですか? たくさんもらいそうですけど、もしかして持ち帰る用の紙袋持参ですか?」

工藤さんの突然の問いは、さっきの会話のなかでそんな単語が出たからだろう。

確かに松浦さんなら学生時代からモテてそうだけど、だからといって袋持参もなんだかな……と思い見ていると、松浦さんは「お礼言って受け取って誰かにあげちゃうかな」と平然と答えた。

「え……」

「『義理だよね。わざわざありがとう』って先手打っておけば、大体の子は空気読んで引いてくれるから。手作りはそもそも受け取らないかな」

あまりに悪気なく語るものだから、それをひどいと思う私の方がおかしいんじゃないかと思えてくる。想いのこもったチョコを誰かにあげるという発想は私にはなかった。

「でも、義理だとしても、もらったチョコを他のひとにあげちゃうのはさすがに……」

私の頭をよぎっていた考えをそのまま口にした工藤さんに、松浦さんは「かわいそうって言いたいんだろ？」と苦笑いを向けてから視線を料理に戻す。

「まぁ、そういう意見もわからなくもないんだけど」

「だったら……」

「でも、相手が真剣だからっていう理由だけで、こっちも全部真剣に向き合って応える必要なんかないと思うけど。俺にとっては〝身に覚えのない好意〟も〝身に覚えのない悪意〟も一緒だよ。押し付けられたって困る」

食事を進めながら「どっちも迷惑でしかない」と言い切った松浦さんに、工藤さんは〝まぁそうかも〟という感じで小さく頷いていた。

そして、私はというと……ひとり静かに傷つき、声をなくしていた。

場を流れる微妙な空気を察してか、松浦さんは顔を上げると「あれ。まずいこと言っちゃったかな」と困り顔で笑いかけてくるから「別に」とだけ返し席を立つ。

工藤さんに先に戻っていると伝え、食器を返却口に戻す。そのまま食堂を出て数歩歩いたところで、うしろから肩を掴《つか》まれた。

強い力に驚いて振り向くと、真面目な顔をした松浦さんが立っていて、さらに驚く。

まだこのひとのことはあまり知らないけれど、いつも余裕そうにヘラヘラしている印象だっただけに、こんな顔もするのかと思った。

食堂の中からはガヤガヤと重なった会話が雑音として聞こえてくる。通るひとの邪魔にならないようにと通路の端に寄ってから、再度松浦さんを見上げた。

「どうかしました？」

向き合うと、松浦さんは言いづらそうにわずかに眉を寄せ、自分の首のうしろあたりを触る。

「いや。友里ちゃんが傷ついた顔してたから」

ジッと見て言われ、咄嗟《とっさ》に目を逸らす。

まさか顔に出ていたなんて思わなかったし、それを気付かれていたとも思っていなかった。このひと、結構洞察力が鋭いんだっけ……と考えながら「別に」と笑みを作った。

「そんな顔していません。それに、それだけを確認するために食事中だっていうのにわざわざ追ってきたんですか？」

松浦さんのA定食はまだ半分以上残っていたはずだ。それなのに、私が傷ついた顔をしていたからって気にして席を立つなんて……と笑うと、松浦さんが表情を緩める。

「まぁね。俺とは関係ないことで傷ついてるなら付け込むチャンスだから喜ぶけど、俺の言葉で傷つけたりしたら攻略難度上がっちゃうし」

一貫して最低な発言をする松浦さんには、もう呆れて「上がった方が楽しいんじゃないですか」と笑う。

それから、松浦さん相手になにを隠す必要もないかと思い、そっと口を開いた。

「傷ついたのは、その通りです。でも別に、松浦さんのせいじゃありません」

食堂入口の横の壁に背中をトンと預け、目を伏せる。

「松浦さんの言った〝身に覚えのない好意〟も〝身に覚えのない悪意〟と変わらず迷惑だって言葉に、自分の状況を重ね合わせてその通りかもしれないって思っただけです」

視線をゆっくりと上げ、目を合わせて微笑んだ。

「私、もうとっくに振られてるんです。それでも好きでいるなんて、相手からしたら迷惑でしかないでしょうね」

見上げる先、松浦さんの顔に驚きが広がっていくのがわかった。

加賀谷さんに告白したのは、半年前だ。

飲み会帰りのタクシーの中で、隣に座った加賀谷さんは『寄りかかっていいから』と私の頭を自分の肩に抱き寄せた。

それは、珍しく私が酔ってしまっていたからで、心配からくる行動だったのだろう。

そのことは加賀谷さんの性格や声のトーンからわかっていたのに……伝わってくる温もりを前にしたら、気持ちが口をついて出た。

『好きです』

静かなタクシーの中。見上げると、加賀谷さんは目を見開いて言葉を失っていた。

まるで、今の松浦さんみたいに。

「俺が適任だと思うよ」

「あれ？　加賀谷さん、もうあがれるんですか？　珍しいっすね」

加賀谷さんが、パソコンの電源を落としてデスクの上を整理しだした様子を見て、麻田くんが言う。

加賀谷さんは「これから尾崎《おざき》のとこ行かないとなんだ」と、眉を寄せ微笑んだ。

定時を三十分ほどすぎた、十八時。ノー残業デーとされている水曜日以外、この時間に帰る社員はほぼいないため、フロアにはキーボードを叩く音やコピー機の音が響いていた。

「あー……そうなんですね。面倒くさそ……じゃなくて、お疲れ様です！」

尾崎さんというのは、夏ごろ中途入社してきた二十四歳の女性だ。有名大学卒で、上からの期待が大きかった。

そのせいで……というわけでもないのかもしれないけれど、有能だけど相当厳しいと有名な社員をコーチャーにされ、それから三カ月経ったところで出社できない精神状況になってしまった。

病院を受診した結果、うつ病という診断書が出され、それ以来尾崎さんの姿を会社で見ない。詳しくは聞いていないけれど、有給や特休を使い終わってからは休職扱いになっているらしい。

「篠原。もしフィネスサービスから電話があったら携帯にかけるよう伝えてくれるか？」

「了解です」

「もちろん、篠原が帰るまでに電話があればって話で、帰れそうならすぐ帰ってくれて構わないからな。じゃあ、お疲れ」

周りの社員にも「お疲れ」と挨拶をした加賀谷さんがフロアから出て行く。それを見届けてからパソコンに視線を移して……向かいの席からの眼差しに気付いた。

顔を上げると、工藤さんが物言いたげにこちらを見ている。

「……なんですか？」

「別に。心中穏やかじゃないんだろうなぁって思っただけ」

図星をついてくる工藤さんには返事をせずに、今度こそパソコンと向き合う。けれど、頭の中は加賀谷さんと尾崎さんのことばかりで、仕事の内容なんてちっとも入ってこない。工藤さんのいう通りだった。

というのも、多田部長のせいだ。

『尾崎さん、加賀谷くんには話がしやすいみたいなんだよね。電話で、加賀谷くんと一緒に行くって伝えると嬉しそうに返事するし、実際、部屋に行っても尾崎さんは加賀谷くんばかり見て話すしね。加賀谷くん的にはどうなの？　お互いに独身だしいいんじゃない？』

デスクで堂々と加賀谷さんに聞くものだから、当然私の耳にも入ってしまった。まぁ、そんな話を聞く前からとっくに、加賀谷さんが尾崎さんとの面会に行くたびに胸の奥がギリギリと痛いのだけれど。

いくら加賀谷さんが『早く職場復帰できればいいとは思ってますけど、それだけですよ』と言っていても、やきもきしてしまう。

私にやきもちを焼く権利なんてないのもわかっているし、そもそも加賀谷さんは仕事の一環として尾崎さんと会っているのだから、私の感じていることは公私混同だ。こんなのは社会人としておかしい。

……それでも。聞きわけのない心は、わがままにムカムカするばかりだ。

着替えを済ませ、パタンとロッカーを閉めてから時計を見ると、十八時四十分。加賀谷さんが会社を出てから四十分ほどが過ぎたところだった。更衣室から出ると、それぞれの部署にはまだ残業組がいるようで、さまざまな音が聞こえてきていた。

節電のため、電気が半分しか点灯していない廊下を歩く。

尾崎さんとの面会場所までは、会社から電車で四駅という話だったから、もうついている頃だ。

一緒に仕事をしたのは三カ月だけだから、そこまで親しくはないけれど、かわいらしい顔立ちをしたひとだったなぁと思い浮かべる。私とは違って、嬉しいだとか楽しいという感情を素直に表情に出せるひとだった。

そんな尾崎さんは今頃、加賀谷さんと話しているのか……と考えると同時に、ずしりと胸の底あたりが重たくなる。そのまま突き破って胃にでも食い込みそうなそれに「はぁ」と声に出してため息をついた。

尾崎さんは病気だっていうのに、羨ましいと思ってしまう心の狭さが情けない。

もしも私が精神的にダメージを受けたとしても、当然ながら加賀谷さんを頼りにする。しっかりと自分の話を聞いてくれる加賀谷さんに甘えたくなるのは当たり前だし、そうやって気持ちを吐き出すことは尾崎さんにとってもいいはずだ。

会社にとっても、加賀谷さんが話し相手になることで、事態がいい方向に向かっているのは、望ましいことだ。

なのに、なにをまだ納得できないでいるんだ、と自己嫌悪に陥りながら外へと繋《つな》がる扉を開けた時。

「お疲れ。友里ちゃん」

どっぷりと暗くなった空が視界に入ると同時に、声をかけられた。

扉の横の壁に背中を預けている様子から、たぶん私を待っていたんだろう。

それがわかっても相手をする気にはなれずに目を逸らして通り過ぎると、すぐにうしろから「え、無視？」という声と足音が追ってくる。

呑気な声色に、自己嫌悪からくるムカムカが加速するみたいだった。

「話したくない気分なんです」

自分でも、〝これはちょっと〟と思うくらい冷たい声が出た。松浦さん相手だとしても、さすがにじわじわと罪悪感が湧き〝申し訳ないですけど〟と続けようとしたところで、「話したくないって、なんで？」と聞き返される。

見れば、キョトンとした顔があって、いらない心配だったかと安堵する。

傷つけてはいないようだ。

「その……今、自分の心の狭さに打ちひしがれて、その上、やさぐれてるんです。たぶん、誰彼構わず攻撃的な態度しか取れないので、松浦さんも構わないでください。

不快な気分になりますよ」

歩調を緩めずにそう不機嫌に言っても、松浦さんはまったく気にする素振りも見せずに隣に並んで「そうなんだ」と笑いかける。

松浦さんは洞察力が鋭い。だから、私の機嫌の悪さなんてもう気付いている。それなのに、こうして遠慮なく……いい意味で言えばひるまずに話しかけ続けてくるのが苦手だ。

たいていのひとは、無表情で冷たい言葉を告げたら、苛立《いらだ》ったり傷ついたりして離れていく。少なくとも、機会は改める。

なのに松浦さんは、私の機嫌なんてお構いなしだ。

「心が狭いかどうかは俺にはわからないけど、友里ちゃんは心の余裕はあまりなさそうだよね。俺なんかの挑発にすぐ乗ってきたくらいだし」

へらっとした顔で言われ、無視しようかどうかを考えた末、口を開く。

「それは単に性格なだけですから、余裕があってもなくても挑発されたら乗ります」

ふん、とつんけんして言い切ると、松浦さんは苦笑いを浮かべた。

「わかってるなら気を付けた方がいいよ。そういう部分に付け込もうとするヤツだっているから」

一拍空けた後「まぁ、俺が言うのもおかしいけど」と付け足した松浦さんが、私の顔を覗《のぞ》き込んで笑みを浮かべる。

「心の狭さを感じるきっかけになった理由とか聞くから、この後ご飯でも行かない？ もちろん奢るから」

よく、こんなに機嫌の悪い人間を食事になんて誘えるな、とむしろ感心してしまう。会社を出てからここまでの数分、松浦さんが嫌な思いしかしていないのは明白だった。だって、完全に八つ当たりした自覚がある。なのに、話を切り上げるわけでもなく、逆に食事に誘うなんてどういう神経の図太さをしているんだろう。

感心を通り越して呆れていると、松浦さんは「それにさ」と口の端を上げる。

「その理由がもしも友里ちゃんの想い人に関係することなら、相談相手として俺は適任だと思うけど」

意地悪く微笑みながらそう言われ、確かに……と納得してしまっていた。

このひとの恋愛観は褒められたものじゃないし、それを自分でわかった上でそんなことを繰り返しているところも嫌いだ。私が大事に大事に抱えている恋愛感情を、まるでリフティングでもするみたいにポンポンと弾ませてぞんざいに扱って遊んでいるのも気に入らない。

でも、私が今感じているムカムカを隠さず話せる相手といったら、工藤さんか松浦さんしかいないのも事実だった。嫌われたってどうでもいい松浦さん相手なら、気兼ねなくすべて話せる。

……そうだ。松浦さんだって、軽い気持ちで私に構っているだけなんだから、私だって都合よく利用したって罰《ばち》はあたらないのかもしれない。〝気まぐれ〟のお返しをしてやろうと思った。

「話の中で、うっかり個人名が出てきてしまうかもしれないので、個室がいいです」

つっけんどんに言うと、松浦さんは意外そうな顔をした後、「了解」と言ってにっこりと笑った。

松浦さんが連れてきてくれたのは、会社からふた駅の場所にある和風ダイニングだった。

抹茶色の長い暖簾をくぐった店内には、真っ直ぐに石畳調の通路が延びていて、その両脇にはまるで茶室のような個室が並んでいた。落ち着いた暖色の照明が照らす店内はしっとりとした雰囲気で、初めて入ったお店だけど居心地よく感じる。

通された個室は掘り炬燵《ごたつ》タイプの部屋だった。黒い革の座布団が敷いてある。

「奥どうぞ」と慣れた様子で私に席を勧めた松浦さんは、チャコールグレーのコートを脱ぎ腰を下ろすと、ネクタイを緩めながら私を見た。

「友里ちゃん、上着脱ぐようならハンガーもうひとつ頼もうか？」

「いえ、大丈夫です。寒がりなので、ジャケット着ててちょうどいいです」

私が着ているのは、白いブラウスに紺のジャケット、そしてベージュの膝丈スカート。グレーのコートはすでに脱ぎ、ハンガーにかけている。

幅五十センチほどの収納スペースは、松浦さんと私のコートでいっぱいいっぱいではあるけれど、個室のひとつひとつにこういったスペースがあるのはとてもいいなぁと感心する。

木目が綺麗に浮かんでいるテーブルには抹茶色のクロスが敷いてあり、二枚のメニュー表が置いてあった。その一枚を手に取った松浦さんから「適当に頼んじゃうけど、友里ちゃん、苦手なものとかある？」と聞かれたので首を振る。

「特には。あ、でもナスが少し苦手ですね」

「ナス……苦手要素ある？」

「歯ごたえのなさっていうか、野菜なのにふにゃんってするのがなんだか気持ち悪くて」

松浦さんは、笑いながら店員さんを呼び注文を済ませる。飲み物だけ希望を聞かれたから、お店のおススメだというキウイサワーを頼むと、松浦さんはビールの中ジョッキを選んだ。

松浦さんとこうしてふたりきりでご飯を食べるのは初めてだ。同じ会社の人間相手に強引なことはしないだろうけれど、念のため、アルコールは一杯だけにしておこうと決める。

すぐにアルコールと、トマトとモッツァレラチーズのサラダ、レンコンのきんぴらが運ばれてくる。とりあえず乾杯をしたところで、松浦さんが「で？　心がどうのっていうのは？」と聞いてくるから、内心驚いた。

〝話を聞く〟なんていうのは、ただの誘い文句かもしれないとも思っていただけに、きちんと相談に乗ってくれる気があったのか、と少しだけ見直す。

お言葉に甘えて「たいしたことではないんですけど」と前置きしてから、まず、尾崎さんのことから説明する。尾崎さんが今、どんな状態なのか。その原因。部長が加賀谷さんと連れ立って尾崎さんとの面会に足を運んでいること。

主観が入らないように事実を並べてから……小さく息を吐いた。

「精神的なものからくる症状は、病院に通ったり休職したからといって治るものでもないし、尾崎さんはきっと不安で仕方ないと思います。先が見えないから。だから、そんな時、加賀谷さんみたいなひとが気持ちに寄り添って励ましてくれたら、きっと少なからず救われると思うんです」

キウイサワーの入った背の高いグラスをいじりながらぐっと黙ると、それまで相槌《あいづち》だけ打って聞いていた松浦さんが「〝なのにやきもち焼いちゃう私って心が狭い〟ってなったわけだ」と言い当てるから、頷いた。

「加賀谷さんは仕事として尾崎さんのところに行っているんだし、尾崎さんが今、心細かったり不安だったりでツラい思いをしているのだって想像できるんです。なのに私は、そこにつまらない私情を挟んで考えることしかできない」

一拍空けてから「本当に嫌になります」と自己嫌悪の念をたっぷり込めて呟く。

「たぶんこの感情って〝仕事と私どっちが大事なの？〟的なことと近い気がして、それがまた嫌で」

そんな聞き分けのないことなんて言いたくないのに、心の中に渦巻いている感情は面倒くさい女そのものだ。どろどろした醜い想いが自分でも嫌なのに追い出せない。

違う個室からの話し声や、店内に控えめに流れているＢＧＭ。それらが丁度いい雑音となり、とても話しやすい雰囲気を作っていた。

グラスの表面に浮いた水滴を指先でなぞり、指へと流れ移ってきたそれを眺めながら続ける。

「松浦さんなんて、一番嫌いそうじゃないですか。そういう面倒くさいこと言ってくる子」

気持ちのこもったチョコを他のひとにあげてしまうという、昨日のお昼休みの会話がそれを物語っていた。松浦さんは、感情的なややこしい関係を好まないんだろう。だから、辛辣な返しを予想していると、松浦さんは「んー……まぁね」と苦笑いを浮かべた。

「そもそも俺は、真面目に付き合ったことがないから、仕事と比べるっていう感情がわからないし、なんとも言えないけど……」

松浦さんは、サラダを小皿に取り分けながら続ける。

「もしも、付き合っている子がいたとして、そんなこと言われたら、その瞬間別れるかもね。これから事あるごとに〝どっちが大事なの？〟って責められるのが容易に想像つくし、そんなこと聞いてくる子は、常に自分が一番じゃなきゃ嫌だって考えだろうし。……一番なんて、努力もなしになれるもんでもないのに当然に要求されてもね」

最後のひと言だけ、それまでのトーンとは違う重さに感じた。

だからジッと見ていると、松浦さんはニコッと笑顔を浮かべ続ける。

「そういう部分にいちいち付き合うのは面倒くさいし、そのたび機嫌とるのは時間の無駄としか思えない」

松浦さんは、私の前にサラダを盛った小皿を置きながら話す。そんな松浦さんをしばらく眺めてから、ふっと笑みをこぼした。

それに気付いた松浦さんが「どうかした?」と聞いてくるから、割り箸を割りながら答える。

「いえ。清々しいくらいにはっきり言うので少しおかしくなっただけです。本当、松浦さんの言う通り、自分でも面倒くさいと思います」

自分でも思っていたことだけど、こうして他人からズバッと言われるとなんだか気持ちがよかった。下手に〝でも仕方ないよ。それが恋愛感情だもん〟なんて慰められるよりもよっぽどスッキリする。反省して切り替えようと思える。

さっきまではドロドロして、まるで雷が鳴る直前の空みたいな色をしていた心。そこに、わずかな晴れ間が覗いたみたいだった。

「いただきます」と手を合わせてからサラダを食べ始めると、次々と料理が運ばれてくる。

松浦さんが頼んでくれたのは、出汁《だし》巻き卵と梅シソの豚バラ巻き、それに牛肉のたたきと、お刺身の盛り合わせ。豪華なメニューに驚いていると、「元気がない時は美味しい物食べるのが一番だから」と、小皿に盛った料理を渡される。

さっきから当たり前のように料理を取り分けてくれている様子に、結構マメなひとなのかなと思う。

もっとも、今はなぜか私と友達になろうとしているらしいから、そのためのポイント稼ぎかもしれないけれど。

「あ、美味しいですね。これ。梅の……なんでしたっけ」

「梅シソの豚バラ巻き。俺も好きで、ここ来ると必ず頼むんだよ」

話しながら、松浦さんがパクリとひと口で豚バラ巻きを食べる。

「なかにチーズも入ってるんですね」

「隠し味程度にしか入ってないのによく気付いたね。使ってるのが豚バラで油が出るから、チーズをあんまり多く使うとしつこくなるんだろうけど、バランスがいいよね」

またひとつ、豚バラ巻きが松浦さんの口の中へと消えていく。

男性らしくしっかりと食べる姿を前にしていると、釣られてなのか私までお腹が空いてくるから、負けじと箸を進める。さっきまでは、ムカムカしていてとてもじゃないけど美味しくご飯を食べられる状態ではなかったのに、今は食欲が湧いてくるのだから不思議だ。

「友里ちゃん、これ気に入った？　だったらこっちも好きかも」と、松浦さんが追加で注文してくれたのは、ササミとチーズ、それに大葉が包まれた春巻きだった。

これも隠し味に梅肉が入っているから、豚バラ巻きと材料は大きく違わない。なのに、新鮮に美味しく感じるのは、パリパリに揚げられた春巻きの皮のせいだろうか。

それを口に出して聞くと、松浦さんは「それもあるかもね」と笑う。

「あとは、分量っていうかバランスの問題かな。豚バラ巻きの方はチーズは隠し味程度だったけど、春巻きの方はササミと並んでチーズがメインだし。口に入れた時、最初に感じる味が違うのかも」

「なるほど……松浦さん、料理詳しいですね。まさか自分でもするんですか？」

さっきからやけに詳しい。このお店は雰囲気がいいから、女の子を口説く時に使っていて、だからここの料理に関しても詳しいのかと思っていたけれど、それだけではないように思える。

松浦さんはビールを飲みながら頷く。

「それなりにならね。昨日、バレンタインの話になった時、手作りは受け取らないって言ったけど、そもそも他人の手料理が苦手なんだよ。だから、ひとり暮らし始めたら自然と作るようになった」

「え……大変そうですね。じゃあ、いつも自炊してるんですか？」

「週の半分くらいは。遅くなった日とか気が乗らない日は、外食で済ませたりテイクアウトしたりしてる。他人の手料理がダメって言っても、あくまでも素人が作ったものがってだけだし、そこまで大変ってわけじゃないよ」

どんな場所で調理されたかわからないからだろうか。衛生面を考えると、松浦さんの言っていることもわからなくはない気がした。私もたぶん、よく知らないひとから手作りのものを渡されたら身構える。

私の取り皿が空いたのに気付いた松浦さんが、料理を適当にお皿に載せてくれる。自然に見える行動は押し付けがましくなく、こういう気遣いが普通にできるひとなんだなぁと感心しながら「平日にキッチンに立つなんて、すごいですね」と返す。

「私もひとり暮らしですけど、ほとんど毎日買ってきたものばかりですし。松浦さんの部署は忙しいのに、その上自炊なんて……もしかして、料理だけじゃなくてひと通りの家事ができたりします？」

ひとり暮らしってことは、掃除や洗濯だって自分でしなくちゃならない。個人的に、一番サボれるのが料理なのに、そこをしっかりしているってことは、他ももしかして……と思い聞くと、松浦さんは出汁巻き玉子を食べながら苦笑いを浮かべた。

「完璧ってわけじゃないけどね。掃除とか洗濯とか……あとはアイロンくらいなら面倒には思わないかな」

「……アイロンなんて、一応買ったもののクローゼットの奥にしまったままです」

カミングアウトすると、松浦さんはおかしそうに「友里ちゃんはズボラなタイプかー」と笑うから、否定はせずにひとつ息を漏らした。

「外見だけでもモテるのに家事までこなせるんじゃ、オチない女の子なんていなそうですね。部屋行ったらピカピカで、しかも美味しい手作り料理なんか出てきたら、悔しいけどイチコロっぽいし」

つけあがらせるだけに思えるから口にはしないけれど、松浦さんは気遣いもできるひとだ。このお店に入ってから、私が話しやすい雰囲気を作ってくれているし、料理だってちょうどいい時に取り分けてくれるし、空いたお皿もすぐに片付けてくれる。

外ではこんな風で、さらに家事までできてしまうんだから、モテるのもわかる。

松浦さんを毛嫌いしている私でさえそう思ってしまうのだから余程だ。

だから呆れて笑っていると、私のお皿に出汁巻き玉子を置いた松浦さんは「いや、女の子は部屋には入れないよ」とキョトンとした顔で答えた。

「え……なんですか？」

「信用していない相手なんて普通部屋にはあげないでしょ」

当たり前みたいに言われ、面食らってしまう。だって……。

「じゃあ、なんのために家事してるんですか？　もしかして、単純に好きとかそういう……？」

てっきり、ポイント稼ぎのためだと思っていただけに驚いている私に、松浦さんは
「なんのためって……」と笑みを浮かべながら眉をひそめる。

「俺だって、毎日女の子追いかけてるわけじゃないよ。まぁ、あえて言えば自分のためかな」

「自分のため……」

松浦さんの言っていることが本当だとしたら、自らのために、そんなにしっかりとした生活を送れるひとが、どうして恋愛だけあんな感じになってしまったんだろう。

腑に落ちないでいると、松浦さんが「そこまで信じられない？」と、クックッと喉の奥で笑う。

「失礼ですけど、ピカピカな部屋も自立した生活も、それを武器に女の子をオトすた

めって説明された方がまだ納得がいきました」

「俺の評価ひどいな」

「でも事実ですから」と言い、ひと切れを半分にした出汁巻き玉子を口に運ぶ。

ほんのりと出汁の味や甘みが口の中に広がると同時に、玉子がほろほろと崩れていく。その感動を噛みしめていると、松浦さんが私にメニューを差し出す。

「グラス空きそうだから。俺も頼むし、友里ちゃんもなにか選んで。ソフトドリンクなら最後のページにあるし、ノンアルコールも何種類かあるから」

気付けばもう、キウイサワーは数センチしか残っていない。料理も美味しいし、キウイサワーの口当たりもいいしで、ついついハイピッチで飲んでしまったけど、アルコール度数ってどれくらいだったんだろう。

少し心配になりながらも、最後のページからウーロン茶を選ぶと、松浦さんがすぐに注文を済ませてくれる。松浦さんも二杯目はソフトドリンクにしたようだった。

その途中で「甘いもの好き?」と聞かれるから頷くと、松浦さんは「じゃあ、これもひとつ」と追加でなにかを注文する。

なんだろう……と思い、店員さんが離れたところで聞こうとしたけれど、松浦さんが話し出す方が先だった。

「さっきの家事の話だけど」

「ああ、はい」

「ポイント稼ぎしようって考えはないけど、ただ純粋に炊事洗濯が好きだからってわけでもないかも。なんとなく、ちゃんとしなきゃっていう強迫観念みたいなものがある気がするから」

「強迫観念？」

「そう。洗濯も掃除も、完璧にしないとっていう考えが……いや〝考え〟は違うか。〝気持ち〟……でもないな」

ぶつぶつと考えだした松浦さんは、ひとしきり悩んだ後「ダメだ。うまい言葉が浮かばない」と笑う。

本人はへらっとした緊張感のない顔をしているけれど……それが、強迫観念という言葉が意味する症状の重さには比例していなくて、腑に落ちなさが残った。

「強迫観念って、自分の意思とは関係なく、常に頭の中にある感情のことを言うんですよね？」

箸を置いて聞くと、松浦さんは「そう。そんな感じ」と頷く。

「俺は別に綺麗好きってわけじゃないけど、綺麗にしておかないとっていう潜在意識みたいなのがあって、そうしろって誰かに命令されてる気分になる感じ。まぁ、困るようなことじゃないからいいけどね」

明るい声で「これが〝誰か殴らなきゃ〟みたいな強迫観念だったらまずいけど」と笑う松浦さんを見て、〝あ〟と思う。

松浦さんのおかしな恋愛の仕方を思い出したからだ。

誰にも本気にならないし、本気の恋をするような子も論外だと話していた。それって、誰も特別にしたくないし、自分も誰の特別にもなりたくないということだ。そんなことをしたところで、一体なにになるんだろう。意味のないことを繰り返すような無駄なことは嫌いそうなのに。

他のことには完璧を求めているのに、恋愛だけはそれを放棄しているように思える。それが、意識してのことなら、もしかしたら――。

「〝本気の恋はダメ〟っていう強迫観念も、松浦さんの中にあったりしますか？」

なにげない疑問だった。会話の流れと今までの松浦さんの言葉をリンクさせたら自然と出た言葉だ。なのに松浦さんが一瞬ハッとした顔をするから、こちらまで驚いてしまう。

ピタリと止まった空気に、今までの和やかな雰囲気が瞬時に姿を消す。

きっと〝かもね〟くらいの軽い反応が返ってくると思っていたのに、まるで核心でもついてしまったような顔をされ言葉をなくしていると、私が見つめる先で、松浦さんはすぐに笑顔を取り繕った。

「はは、そうかもね」

完璧な、綺麗な笑顔と明るいトーンの声。

それは今までの松浦さんで、それをきっかけに、一瞬だけおかしくなった雰囲気がすぐに元の心地よさを取り戻す。

「……まぁ、松浦さんのその強迫観念のおかげで、今美味しいご飯を食べられているので、私的にはラッキーですけど」

さっきのことは、あまり触れられたくないことだったのかもしれない。そう感じてわざと興味のない声を出すと、そんな私に松浦さんは、安心したようにふっと表情を緩めてから「ひとつ、聞いてもいい？」と話を切り出した。

「昨日の昼休みに、もう加賀谷さんに振られてる、みたいなこと言ってたけど。あれ、本当に？」

突然出てきた加賀谷さんの名前にギクリとする。

「本当は昨日のうちに聞きたかったんだけど、仕事が片付かなくて」

調子のいい笑みで「おかげで今日一日ずっと気になりっぱなしだった」と言う松浦さんに、そういえばそんな話をしたなと思い出す。

『私、もうとっくに振られてるんです。それでも好きでいるなんて、相手からしたら迷惑でしかないでしょうね』

一度振られているのに未だに好きでいることが理解できないらしく、不思議そうにしている松浦さんに「本当ですよ」と答えたところで、追加注文したソフトドリンクが運ばれてくる。

テーブルにジンジャエールとウーロン茶を置いた店員さんが、最後に「こちら、抹茶のチーズケーキになります」と黒い平皿を置く。顔を上げると、松浦さんが「これ、美味しいから食べてほしくて」と笑顔を向けていた。

だからさっき、甘いものが好きかどうか聞いたのか……と思いながら木製の小さいフォークを持ち、チーズケーキをひと口サイズに切る。口に入れると、濃厚なチーズ味の後、ほのかに抹茶の風味が広がり、自然と「美味しい」という言葉がこぼれていた。

「よかった。ここは料理だけじゃなくてデザートもどれも美味しいから、迷ったんだけど。友里ちゃん、チーズ好きそうだったし今回はそれにしたんだ。今度来た時は、抹茶の白玉が入ったあんみつ食べてみて。それも美味しいから」

今日食べたメニューには、チーズが使われたものが多かった。それを美味しいと食べていたから、私がチーズが好きだと思ってこれを頼んでくれたんだろう。

私はただ食べていただけだけど、松浦さんはメニューを決めて注文を済ませて、私のグラスやお皿の空き具合を確認して、その上、私の好みまで探っていたのか。

今日誘ってきたのは松浦さんだし、松浦さんがどんなに気疲れしたところで自業自得だとも思うけれど……それでも、大変だなという感想を持ってしまう。とてもいい接待でも受けている気分だ。

松浦さんの恋愛の仕方は相変わらず嫌いだけど、意外な一面を垣間見たせいで、最初の印象とは少し違ってきていた。

「友里ちゃんが告白したのって、いつ頃？」

ジンジャエールを飲んだ松浦さんに聞かれ、チーズケーキをフォークで切り分けながら答える。

「半年くらい前です」

「それ、ちゃんと加賀谷さんにも伝わってるの？」

疑うように聞かれ、苦笑いを浮かべて頷いた。

飲み会帰りのタクシー車内での告白を説明した後、「本当は言うつもりなんてなかったので、自分でもびっくりしました」と自嘲するように笑ったけれど、松浦さんは真面目な顔をしたまま聞いていた。

チーズケーキをひと口食べた後、続ける。

「翌週の月曜日、朝呼び出されて返事をされました」

朝、出勤してバッグを置くために更衣室に向かおうとしたところを呼び止められたから、加賀谷さんはきっと私を待っていたんだろう。

フロアの一角にある会議室で、返事を告げられた。

『俺も篠原のことはかわいい部下だと思ってるし、もちろん好きだとも思う。……でも、篠原の言う好きは俺のとは違うってことだよな？　恋愛としてってことでいいか？』

『……はい』

ブラインド越しの朝日が差し込む会議室は、まるでいつもとは違う空間みたいだった。

ドアの前に私、そしてそこから数メートルほど中心に進んだところに加賀谷さんが立っていて、向き合うカタチだった。

緊張を感じながらも頷くと、加賀谷さんは少しだけ言い淀んだ後、口を開く。

『だとしたら、悪い。そういう風には見たことがない』

多分、そうじゃないかとは思っていたけれど、それでも結構ショックで、気が遠くなりそうだった。下唇をキュッとかんで、下ろしたままの手をきつく握りしめて、泣くな泣くなと自分に言い聞かせた。

『ありがとうございます。スッキリしました』

ひとつ息を吐いてから、加賀谷さんに笑顔を向けた。

『こういうことで気まずくなったりするのは嫌なので……わがままですけど、今の告白はなかったことにして、これからも今までみたいに接してもらえませんか？　……上司と部下として』

お願いした私に、加賀谷さんはホッとしたような表情をして頷いてくれた。

『俺もその方が助かる。ありがとな、篠原』

――それが、半年前のことだ。

一連のことを説明し終えてから……ふっと笑みをこぼす。

「結構、冷めて見られがちだし、たぶん実際もそうなんですけど。恋愛には熱いみたいなんです、私。面倒くさいでしょ。それに、今日も変わらず松浦さんのこと好きじゃないですし、私に構ってても時間の無駄ですよ」

自虐みたいに言ったのに。なんだったら、ちょっと頑張って冗談みたいなトーンで言ったのに。松浦さんはなぜか黙ったままだった。

その顔が少しだけツラそうに歪んでいたように見えたのは、私の気のせいだろうか。

「俺のこと、知りたい？」

「もしかして、企画事業部って暇なんですか？」

うんざりとした顔で言っても、松浦さんはダメージなんて少しも受けていない様子で答える。

「ひどいな。忙しい合間を縫ってこうして待ち伏せしてるのに」

わざとらしい笑顔を返されて、ため息をつく。

「一応言っておきますけど、今日も松浦さんのこと好きじゃありません」

「会うたびに振られてるな、俺」

ハハッと乾いた笑みをこぼす松浦さんには、今日も私の言葉は届いていないようだった。会うたびに好きじゃないって伝えているのにちっとも折れてくれない。どれだけ強いメンタルをしているんだろうと、いっそ興味が湧きそうにさえなってしまう。

十一月も後半になった空は、十八時半でももうどっぷりと暗くなっていて、夕日の名残はどこにも見つけられなかった。

冷たい風が頬をかすめていくから、マフラーを口元まで上げる。

「さすが、モテる男はマメですね。歴代の彼女にもそうだったんですか? いくら本気になれないって言っても、彼女はいたでしょ?」

「どうだろう。知りたい?」

色気が含まれた瞳に問われ、すぐに「ちっとも」と返す。すると松浦さんは楽しそうに笑った。

カラッとした笑みからは、今まで滲《にじ》んでいた妖しい色がなくなっている。

「まぁ、できる限りケアはするよ。マメな男は好感持ってもらえるしね。でも、今日のこれは違う。ただ、友里ちゃんと友達になろうとして頑張ってるだけ」

ジッと見上げていると、にこっと目を細められる。

「友里ちゃんって真面目だし、段階踏まずに友達にはなってもらえなそうだから。とりあえず、一緒に帰ったり飲んだり食べたりして、共通する話題を見つけたりする時間を増やそうかなって狙い」

こうして待ち伏せされていても、もうそれほどの警戒心は持たなくなっていた。

先週の金曜日、一緒に飲んだ後、松浦さんは意外にも紳士的に家まで送り届けてくれたし、終始、下心なんて見せなかった。そこがなんとなく腑に落ちないでいたのだけど、どうやら本当に友達になろうとしているらしい。

ガンガンこられても迷惑だけど、興味本位で私をターゲットにして遊ぼうとしているくせに、こんなに悠長に友達から始めようとしているなんて、大丈夫かなと若干の心配さえ抱いてしまう。

そもそも、私みたいな本気の恋愛しかできない女は、遊び専門の松浦さんからしたら対象外のはずだ。なのにどうして構うのだろう。本当に友達になりたいとでも思っているんだろうか。理解ができない。

別に、私は松浦さんが膨大な時間を無駄にしたところで関係ないしどうでもいい。それでも、どこかの駅前にいる犬みたいな健気さを見せられたら罪悪感みたいなものは湧いてくる。

寒空の下、指先を赤くしてまで待っていられても困る。

「松浦さん。何度も言いますけど、私は松浦さんを好きにはなりませんし、友達になるつもりもありません。だから、こうしている今も、松浦さんは時間を無駄にしてるんです」

向き合い、目を合わせて続ける。吐く息が白く浮かんだ。

「こんな風に私を待つよりも、早く帰って休んだ方が絶対……なんですか？」

話の途中から、松浦さんがやたらとにこにこしているから不思議になって聞く。決して微笑むようなことを言っているわけじゃないのに、なんでこんな顔されているんだろう……と考え、思い当たった可能性に眉を寄せた。

「言っておきますけど、これは松浦さんを思っての発言じゃないですから。私が、いらない罪悪感とか持っちゃって迷惑ってだけで……」

「罪悪感持ってたんだ」

揚げ足をとられ、グッと黙る。嬉しそうな顔で見てくる松浦さんには、やっぱりこれ以上なにを言っても無駄な気がして、言葉を続けるのを諦め歩き始める。

当たり前のように隣に並んだ松浦さんに再度うんざりした顔を向けてみたけれど、笑顔が返ってくるだけだった。本当に厄介な男に目をつけられてしまった。

好きでもなんでもない女にここまで熱意を注げるのはある意味すごいと感心すらしてしまいそうだ。

ここまでできるのなら、本気で好きな子を見つけて思う存分気持ちを注いだ方が絶対にいい。そしたら私も松浦さんも、その彼女も、みんなハッピーエンドなのに。

駅まで延びる道路を行き交う車のヘッドライトが眩《まぶ》しい。

大通りの方が安全だから毎日この道を通るけれど、すれ違うひとを避けながら歩かなければならなかったり、トラックの走行音がうるさかったり、疲れているとなかななか精神的にくるものがある。今日みたいに心に余裕がない日は特に。

今日あった出来事を思い出し、はぁ、とため息をついていると、隣を歩く松浦さんが呆れたように笑った。

「友里ちゃん、相当ストレスたまってる？　この間も滅入《めい》ってたし。あんまり仕事がきついようなら部長に相談してみた方がいいよ。真面目な子ほど追いつめられちゃうし、友里ちゃんはあんまり弱音とか吐けなそうだし、本当の限界まで行く前に立ち止まった方がいい」

こういうアドバイスも、私と友達になるためなんだろうか。本当にマメだな、と考えながら首を振る。

「仕事はそこまで……いえ、まぁ、そこそこの仕事量はあるからいっぱいいっぱいですけど。でも、私よりも加賀谷さんの方が大変ですし」

部署で抱えている仕事や、私個人が持っている仕事を思い起こしながら話していると、今日の出来事がまたポンッと浮かんできて、松浦さんをジッと睨むように見る。

「おかしな雑用的な仕事まで回ってくるから、ただでさえ大変なのに、今日は企画事業部の金子さんが来て対応に時間とられちゃったんです」

「金子さん？」

「倉庫にすずめが入っちゃったからどうにかしてほしいってうちに頼みにきたんです。なんでも、加賀谷さんと同期だからそのよしみでって。結果的に庶務にお願いしたんですけど、その後もずっと加賀谷さんと話してて」

道路から控えめなクラクションの音が聞こえ、反射的にそちらを見る。とっくに赤信号に変わったのにこれから横断しようとした歩行者を、車の運転手が注意したようだった。

「だから企画事業部が暇かどうかを聞いてたのか」と納得した様子の松浦さんが苦笑いを浮かべる。

「うちもそこそこ忙しいよ。今の部長は頭が固いから、奇抜な商品アイデア出したところでダメ出しされるし、かといって新鮮さがなければそれはそれで『もっと頭を使え』って怒られるし」

松浦さんの眉尻を下げた横顔を見るのは初めてだった。それだけ仕事が大変だってことなんだろう……でも、そうだよなぁと納得する。

企画事業部は、社の要部署のひとつだ。企画力が必要とされるし、私みたいに回ってきた仕事を処理すればいいわけじゃない。なんでもかんでも自分発信の、常に新鮮さが求められる大変な部署だ。

金子さんのことで頭にきて、つい『暇なんですか?』なんて聞いてしまったけれど、失言だったなと反省する。

「この間、俺が約一年前に出したアイデアと似た商品が他社から発売されててさ。それの売れ行きがいいからって、今必死にそれに似た商品を売り出そうって商品開発部だとかは駆けずり回ってるよ」

「あ……製造ラインから作らないとダメなやつですよね?」

確か、ペットボトルのサイズが今までとは違うから、機械からどうにかしないとって話を聞いている。

それを聞いた時、工藤さんが『どこかが当てれば、それを他社もこぞって真似するんだからオリジナリティなんてないも等しい』なんて言っていたけれど……。今回のは、松浦さんがとっくに提案していた上、却下されたものだったのか。

だとしたら悔しいだろうな、と思い見ていると、松浦さんは「そう。それ」と頷いてから視線を空に移し、自嘲するような微笑みを浮かべた。

「仕事は嫌いじゃないけど、たまに、足が止まったまま動けなくなる時がある。重りでもつけられてるみたいに」

その横顔を見て、このひともきちんと仕事しているんだよなぁと思い直す。

恋愛に対してのスタイルがあんまりだから忘れていたけれど、企画事業部なんてしっかりと成績を残していなければ在籍できない。その中でもホープだなんだって騒がれているのだから、松浦さんは仕事ができるひとなんだろう。

「なんて。ごめんね。つまらない話して」

申し訳なさそうな笑みに、ふるふると首を振る。

「いえ。全然。私の方こそ、暇そうだとか言ってすみませんでした。失言でした」

「いや、いいよ。二週連続で待ち伏せしてたらそう思われても当然だから」

ははっと笑った松浦さんが「それより」と話を変える。

「第二品管の仕事量が多いって話だけど。とりあえず、これから受けた仕事内容を全部記録しておくといいよ」

「記録ですか? 一応、日報には全部書いてますけど……個人じゃなくて、部署全体で受けた仕事をまとめて記録しておくってことですか?」

「そう。年間通して、どういった種類のどれだけの仕事が回されたってことを記録しておいて、ある程度たまったら〝仕事量が多すぎてきつい〟〝これは本当に第二品管の仕事なのか〟って議題にあげるといいよ」

「でも、雑用が回されるたびに、割と毎回しっかり断ってますよ。それでも、結果回されちゃいますけど」

多田部長がなんでもかんでも安請け合いするせいで、とは言わずにいると、松浦さんは「口頭だけじゃ、なんの証拠も残らないからね」と説明してくれる。

「しっかりと証拠として残しておく方が会社は動く。今は、労働基準がどうとか社内の雰囲気がどうとかうるさい上、うちの会社は顧客離れを防ぐためにも世間に対してクリーンなイメージを保っていたいっていうのが一番にあるだろ」

「そうですね」

だから、クレームに対しても不誠実な対応はとらないし、パワハラセクハラに対しても国内企業の中でもトップクラスに厳しいと思う。

よほど気に入ってうちの商品を買い続けてくれているひと以外は、案外、小さなきっかけで他社製品に切り替えてしまうからだ。

「クリーンでいるためには、社としては社員の不満は把握しておかないとまずい。最悪な事態……例えば、過労死だとかそういう事態が起きた場合、〝なにも知りませんでした〟はあまりに不誠実な上、社員に寄り添っていない回答だし、世間もそうとる」

こちらを見た松浦さんに「だから、友里ちゃんとこの尾崎さんのケアを懇切丁寧にしてるだろ?」を聞かれ、頷く。

「はい。部署内外から、過保護すぎるって意見が出るくらいに」

十年前だったら、精神的な病を患った場合、たとえその原因が仕事にあっても、社員個人の問題だとされていたらしい。

うちは福利厚生がしっかりとしているから、昔も一応、欠勤の間も半年ほどは給料の半額は支払われ続けていたって話だけど、今、部長や加賀谷さんがしているみたいに自宅訪問をしたり、必要なら病院にさえ付き添うようなことはしていなかった。

「でも今は、〝仕事が原因でうつ病〟なんて聞くと世間は一気に社員側に同情するから、社としては〝これだけのことをしています〟っていう盾を用意しておきたいんだよ。だから、友里ちゃんとこの仕事量に関しても、〝仕事が多すぎてツライ〟っていう意見と一緒に仕事内容の記録を出せば、会社側も無視できないと思う」

にこりと笑顔を向けられ、あ、そうかと納得がいった。

「万が一、第二品管のメンバーが精神的なものを患った場合、そういう事態に陥る前にきちんと仕事内容に対して抗議していたっていう証拠……ですか？」

「そう。明らかに第二品管の仕事じゃないものまで全部回してたっていう事実は、会社側としてはマズいから改善しようと考える可能性が高い」

「なるほど……」

「今の部署の仕事について本気で話がしたいなら、まず会社側の耳をこっちに向ければいい。俺なんか、組合は敵ぐらいに思って、主張したいことがある時は会社側の痛いところガンガンついていくし」

ハハッと爽やかに笑う横顔に感心する。

私は、現状に不満を持ちながらも文句を言うくらいしかできなかった。最初から無理だと諦めて、現状をどうにかしようとは本気で思っていなかったのかもしれない。さっきのだって、ただ愚痴としてこぼれただけだ。

それに比べて松浦さんは、先を見据えた現実的な解決策をすぐに出した。

ただすごいなぁ……と思っていると、松浦さんが「まぁ、記録っていってもある程度の量が必要だし、この一年は我慢の年になっちゃうけど」と眉を下げ微笑むから、慌《あわ》てて口を開く。

「いえ。松浦さんの言う通りです」

松浦さんはこの一年は我慢になると言ったけれど、どうせ今、そんな書類を作ったところで、あの部長だ。デスクの上に散らかっている書類に紛れて無駄に終わる。

だったら、一年間でしっかりと記録してまとめたものを、新しい部長に提出した方がいい。

なにより、そんな訴え方があるんだということ自体が目からうろこ状態だった。

「ありがとうございます。さっそく始めてみます」

目を合わせ告げると、松浦さんは「いや。全然」とカラッとした笑顔を向けてから「そうだ」となにかを思い出したように呟く。

「金子さんがどうのって言ってたけど。友里ちゃんの不機嫌の理由は、金子さんが加賀谷さんと仲良しこよししてたから?」

顔を覗き込んで聞く松浦さんに「それは……」と、少し口ごもる。

ジッと見つめてくる瞳から逃げるように視線を落とし……ぶらぶらと揺れる松浦さんの手が目に留まる。そして、金子さんが加賀谷さんにしたみたいに、大きな手をするっとすくいあげて握った。

「金子さん、甘えた声出して、こうして加賀谷さんの手を握ってたんです」

『ね。お願い。同期の仲じゃない』

金子さんはなんでもないみたいに、加賀谷さんの手を握っていた。こんな風に。

胸の高さで握った手を、ジッと見つめる。

松浦さんの指は男性なのに長く綺麗で、そして冷たかった。寒空の下で私を待っていたから冷たくなってしまったのか、もともと冷え症なのか。温度が違うからか、私の手とは皮膚の柔らかさも少し違って思えた。

私とは大きさも厚さも違う手をぼんやりと眺めながら、そういえば私は、加賀谷さんの手の温度も感触も、なにも知らないんだなぁと思い悲しくなる。そもそも、私が知っている加賀谷さんの情報なんて、職場が同じなら誰でも知れるような表面上のことだけ――。

「……あの、友里ちゃん」

胸が切なさに悲鳴を上げていた時、急に名前を呼ばれハッとする。

顔を上げると松浦さんが困ったような笑みを浮かべていた。

「俺的には嬉しいけど、いいの？　まだ会社からそんなに離れていないし、誰に見られるかわからないよ」

「え……あ、すみません」

気付けば松浦さんの手をギュッと握りしめていた。

松浦さんの言う通り、ここは会社から最寄駅まで延びる道だし、社内の人間が通ってもおかしくない。松浦さんに想いを寄せている女性社員にでも見られてしまったら面倒だ。

パッと手を離し、一応、周りを確認してから胸を撫《な》で下ろす。それから「すみません。ついうっかり」と再度謝ると、松浦さんは複雑そうな笑みを向けた。

「なんですか？」

「いや。もしこれが加賀谷さん相手なら、そんな冷静に謝ったりしないで、周りを確認する前に顔赤くしたんだろうなって考えたら、さすがに少し虚しくなっただけ」

「その前に、加賀谷さん相手だったら気安く触れるわけがないじゃないですか。手なんか握れません」

口を尖らせてから、「だから、金子さんがうらやましくて仕方なかったんです」と呟く。

車の走行音がひっきりなしに聞こえるなかでの私の声は、松浦さんに届いたかは不明だった。対向車線を走る車の強いライトに目を細めながら、再度口を開く。

「うまくいかないのも選んでもらえないのも自分のせいなのに、いろんなもののせいにしてイライラしてるんです、私。近くにいると八つ当たりされるから早めにどっか行った方がいいですよ」

本当のことなのに、松浦さんは「どんな八つ当たりかな」と愉快そうな笑みで返すだけだった。

私はすぐに、余裕がなくなってこんな風にイライラしたりしてしまうけれど、そういえば松浦さんのそういう顔は見たことがない。私がひどいことを言っても平気な顔をして笑っている。器が大きいのか、それとも他人の言うことになんてたいした興味を持たないのか。

だけど、金曜日、話を聞いてもらった感じだと、特に流して適当に聞いているような印象も持たなかったけどなぁと思いながら、松浦さんの整った横顔をチラッと見上げる。

鼻歌でも聞こえてきそうなくらい、ご機嫌な横顔だ。こんな風に大らかに日々を過ごせたら幸せが降ってくる気がして、なんだか不意に、松浦さんが羨ましくなる。

「もしも今、松浦さんを好きになった振りをして関係を持った後で、優越感に浸ってる松浦さんを『松浦さんなんか好きになるわけない。騙されてしっぽ振って馬鹿みたい』って指さして笑ってやったら少しはスッキリするんですかね」

淡々と話すと、松浦さんは「ははっ」と声を出して笑う。

「なにも言わずにそれを実践されたら、してやられたって感じで、さすがの俺も若干ショックかもね」

終始浮かべている余裕を打ち崩したくて言ったのに、見事失敗に終わり、嫌な気分になったのは私の方だった。

無表情で態度が悪いなんて結構最悪だと思うのに、松浦さんには敵わないらしい。さすがいろんな女の子をオトしてきただけあるなぁと感心していると、横から顔を覗き込まれる。

「でも、実際にそうしないところが友里ちゃんらしいよね。今の、俺に言わずにそうすれば騙してスッキリもできただろうに」

最後、「真面目だよね」と付け足し、ニッと口の端を上げた松浦さんにムッとしながらもなにも言わずに目を伏せる。

冬の外気に晒《さら》された指先が冷たくてジンジンし始めていた。両手を重ね、そこに息を吐きかけ暖をとると、周辺の空気が白く染まり、そしてすぐに消える。

こんなに冷たくなっても、さっきの松浦さんの手の感触は残っていた。松浦さんと同じように、指先が赤くなっている自分の手を眺めていて……この手で、加賀谷さんに触れることはないんだろうなとぼんやりと考える。

だって、上司と部下だから。

「友里ちゃん?」と不思議そうに声をかけられ、ゆっくりと手を下ろした。

「なんでもありません。手袋、そろそろ持ってきた方がいいかなって考えてただけで」

「じゃあ、繋ぐ? ……って、そんな嫌そうな顔しなくても」

クックと喉で笑った松浦さんが、ジッと私を見て続ける。

「ひとつ聞いていい？　友里ちゃんは、なんでそこまで自分の恋を否定するの？」

「……は？」と、やや遅れて返すと、松浦さんが説明する。

「誰かを好きになることは悪いことじゃない。どれだけ想おうが友里ちゃんの自由だろ？　なのに、それを自分自身で否定して認めてやれなかったら苦しいだけ──」

「松浦さんの言う通り、私が加賀谷さんを好きになるのは自由です。想いが届かなくて泣くのも、それでも諦められないで苦しい思いを抱えているのも、全部私の勝手です。誰に文句言われることでもない」

ゆっくりと前を見て続ける。

「でも……私が加賀谷さんに対してドキドキしたり、切なくなったりするたびに、加賀谷さんを裏切ってるような気持ちになるんです」

「裏切る？」

不思議そうな声を返され、唇をキュッと結んでからそっと開く。

「加賀谷さんは、私の告白に誠実に答えてくれた上、告白する前と変わらない態度で接してくれているのに、私は、もしも部下じゃなかったら違ったのかな、とか……せめて遊び相手くらいにはしてもらえたのかな、とか。そんな不誠実なことばかりを未だに考えてるんです」

加賀谷さんは私を部下として大事に思ってくれている。それは、加賀谷さんの態度から充分伝わってくる。

なのに……。

「適当に遊んで捨てられるだけだとしても、私が部下じゃなくてただの女っていう立場だったらなって……そっちがよかったなんて。そんなこと考えちゃう浅ましい自分が、どうしようもなく嫌いなんです。加賀谷さんの信頼を裏切っているみたいで」

今まで誰にも言ったことのない本音が、ポロポロとこぼれていた。

加賀谷さんを好きになってから幾度となく陥った自己嫌悪。心の真ん中でぽっかりと大きな口を開けているそこに、もう何度落ちただろう。じめじめなんてしたくないのに、私の意思とは関係なく落ち込む気持ちがうっとうしい。

……というよりも。勝手に嫉妬して落ち込んで、自己嫌悪を繰り返している自分が、もう振られているのに未だに加賀谷さんの一挙一動を気にして舞い上がったりくよくよしている自分が、どうしようもなく――。

「でもそれ、気持ち悪いよね」

今まさに考えていたことを松浦さんに言われ驚く。

勢いよく見上げた私に、松浦さんは理解できなそうな顔を向けた。

「告白したのに今まで通り、なにもなかったみたいに過ごすとかおかしくない？　友里ちゃんが告白したのは夢でもなんでもなく事実だろ。なのに、なんでふたりして見ない振りしてるのかが俺にはわからない」

「それは……だって……」

「頑張って告白したんだろ？　真剣だったなら真剣だっただけ波風が立つのが当たり前なのに、それを、さも聞かなかったみたいな態度とられるのは……まぁ、俺だったら嫌だって話」

広い道路にはひっきりなしに車が走っていて、歩道もそれなりに混んでいる。駅まで延びる道は雑音だらけだっていうのに、松浦さんの声がしっかりと耳に届いていた。

告白した後、『今まで通りに』ってお願いしたのは私だ。だから加賀谷さんはそうしてくれている。だって、同じ職場だ。席だってふたつ隣なんだから、気まずいままじゃ仕事にならない。

それでも、松浦さんになにも言い返せないのは、『今まで通り』の加賀谷さんに安心の裏で虚しさを感じていた部分があるからだろうか。それを……松浦さんに言い当てられてしまったからだろうか――。

……違う。違う。そうじゃないと、自分に言い聞かせるように繰り返し、下ろしたままの両手をそれぞれぎゅっと握った。

「恋愛じゃなくても、『これからなにがあっても味方だよ』みたいなことをたまに聞くけど。そんな約束するヤツっておかしいんじゃないかってずっと思ってた。なにがあっても変わらない関係なんかあるわけないだろって」

最後に「そういうのって気持ち悪い」と吐き捨てるように言われ……カッと頭に血が上ってしまった。

立ち止まった私に気付いた松浦さんが、数歩先で止まり振り向く。その顔を、きつく睨みつけた。

「他人の気持ちと真剣に向き合おうとしない松浦さんに、なにがわかるんですか?」

人通りの多い歩道。立ち止まる私たちを邪魔そうにチラチラと見ていく通行人なんて気にせずに続けた。

「本気の想いを拒絶して適当にしか考えない松浦さんには、私の気持ちなんてわからない」

一呼吸で言い、再び足を進める。すれ違う瞬間、松浦さんの顔に驚きが広がるのがわかったけれど、「お疲れ様でした」とだけ残してそのまま通り過ぎた。

「好きじゃありません」

昨日、松浦さんにもらったアドバイスに従い、今日の朝一で加賀谷さんに相談した。これだけの仕事が回ってきているっていう事実をこれから一年間記録していけば、年度末、それを武器に戦えるんじゃないかって。

どこの部署だって、細かい雑用をしたくないのは一緒だ。だから助け合ってこなしていくにしても、第二品管ばかりがそれを請け負うのはおかしい。

それをいちいち口で言っていてもその場で終わってしまうから、だったら書類に残して抗戦を……と話すと、加賀谷さんはすぐに賛成してくれて、さっそく今日から仕事内容を記録していくことになった。

まだかな。それとも、もう帰っちゃったのかな。

そんな風に考えながら誰かを待つなんて、初めてかもしれない。

学生時代も社会人になってからも、好きなひとを待ち伏せして、偶然を装って一緒に帰ろう、なんていうかわいい思考回路は持っていないからしたことがない。

それでも、加賀谷さんとちょうど帰りが一緒になった時には、夕ご飯に誘ってみようかな、とか考えたことはあるけれど、結局声にはならなくて、駅で『お疲れ様でした』と笑顔を向けるのが精いっぱいだった。

別れた後、電車に揺られながら、どうして私はかわいくご飯に誘うこともできないんだろうと、ひとり反省会を開いたのは言うまでもない。

そんな私が待ち伏せまでして会いたい相手が松浦さんなんだから……本当に、人生なにが起こるかわからない。

少なくとも、イルカの水槽前で話していた時には、こんな未来が来るなんてこれっぽっちも思わなかったし、せっかくドキドキしながら待つなら加賀谷さんを待ちたかった。

……でも。

私の仕事の愚痴を聞いて、しっかりとアドバイスまでくれた松浦さんに、きちんと謝りたかった。それに、それ以外でも松浦さんが言っていたことは間違ってはいない。

『頑張って告白したんだろ？　真剣だったなら真剣だっただけ波風が立つのが当たり前なのに、それを、さも聞かなかったみたいな態度とられるのは……まぁ、俺だったら嫌だって話』

『恋愛じゃなくても、〝これからなにがあっても味方だよ〟みたいなことをたまに聞くけど。そんな約束するヤツっておかしいんじゃないかってずっと思ってた。なにがあっても変わらない関係なんかあるわけないだろって』

あれは、松浦さんの意見であって私を傷つけようとして言ったわけじゃない。なのに、私が過剰反応しちゃっただけだ。

〝なにがあっても変わらない関係なんておかしい〟っていうのは、私だって同意見だし、〝頑張ってした告白をなかったみたいに扱われるのは嫌〟っていうのだって……正直に白状すれば、私だってそうだ。ただ、同じ職場だから、なかったことみたいにして関係を荒立てないのが建前上、正しいっていうだけで。

なのに私は、カッときて八つ当たりみたいに〝松浦さんにはわからない〟なんて態度悪く言ってしまった。

松浦さんがどんなひとだろうと、たとえ、嫌な性格だろうと、八つ当たりしていい理由にも、謝らなくていい理由にもならない。だから……私が悪いし、謝らないと。

十九時を過ぎた空には、いくつもの星が浮かんでいた。かろうじて知っているオリオン座を探していると、自分の息が空気を白く染めては消えていく。

社員用出入り口のドアから、十メートルほど離れた場所にある大理石調のベンチは外気と同じくらいに冷えていて、腰を下ろしてすぐはあまりの冷たさに体がぶるっと震えたほどだ。三十分経った今は、私の体温が移って温まったのか、それともその逆か、さほど冷たさは感じなかった。

視線を遠くに向けると、白い照明でライトアップされた芝生スペースが見える。真ん中をくねくねと走る砂利道に、幅一メートルもない人工的に作られた川。私が座っているのと同じようなベンチもいくつか散らばっている。

あそこは一般のひとが出入りできるスペースで、日があるうちはお年寄りが集まったり、犬の散歩をするひとがいたりするけれど、さすがにこの時間となると誰も見受けられなかった。

確か、二十時まで自由に出入りできるんだっけ……と眺めていた時、ピッとカード認証の音がして社員用出入り口のドアが開く。

この三十分、ドアが開くたびに松浦さんかと肩を跳ねさせていたのだけど、ことごとく違った。顔もよく知らない他部署のひとたちに『お疲れ様でした』と頭を下げた回数は、もう二十回を超えただろう。

だから、今回も特に期待はせずに、ぼんやりとドアの方を見て……でも、油断していた視界に入り込んできたのが松浦さんだったから、ハッとして立ち上がる。

疲れた顔をして白い息を吐く様子は、いつもの明るい顔からは想像もつかなくてすぐに話しかけることができなかった。

こんな沈んだ顔もするのか……と、ただ見ていると、歩き出した松浦さんが顔を上げ、そして視線がぶつかる。その顔がギクッとして見えたのは、暗闇の中で佇《たたず》む髪の長い女が気味悪かったからだろうか。

眉を寄せ、目を見開いた松浦さんが、徐々に表情から強張《こわば》りを消し「びっくりした……」と独り言のように漏らす。それから、いつも通りの笑顔になったのを見て、ゆっくりと近づいた。

「すみません。驚かせるつもりはなかったんですけど」

「いや、大丈夫。……それより、どうかした？　ああ、もしかして加賀谷さん待ち？」

納得したような顔で聞かれ、言葉に詰まる。言い出しにくさは確かにある。私は、素直に自分の気持ちを言葉にするのが苦手な性格だし。でも、だからってずっともじもじしているわけにも、松浦さんが気にしていなそうなのをいいことに、このままなあなあにするわけにもいかない。

バッグの中から缶コーヒーを取り出し、松浦さんに差し出す。三十分前に買った時には熱いくらいだったそれは、もうぬるくなってしまっていた。

「コーヒ?」と不思議そうにしている松浦さんを見上げて口を開く。

「昨日、ひどい態度をとってしまったので……それを謝りたくて待ってました」

「え……」

「感情的になって、あんな態度をとってしまってすみませんでした」

謝って頭を下げる、という私の行為がよほど意表をついてしまったのか。松浦さんはポカンとした顔で数秒間止まり、それから、苦笑いをこぼした。

クッと、こらえていた笑みが我慢できずに出てしまったような、そんな笑い方をする松浦さんが私と目を合わせる。

「やっぱり、友里ちゃんは真面目だね。あれくらいのことで、こんな真正面から謝ってくるなんて思わなかった」

「……別に、あのままにしておくと自分が気持ち悪いだけです」

「そんなこと言っちゃって」と、からかうように笑われ、眉を寄せた。謝らなくちゃとは思ったけれど、このひとのこういう部分は心底腹立たしい。

「用事は済んだので、これで」

くるりと背中を向けて歩き出すと、松浦さんがすぐに隣に並ぶ。

駅まではどうせ同じ道だ。こうして並んで歩くことにももう慣れた。当たり前のように一緒に帰ろうとする姿に注意もせず足を進めていると、松浦さんが缶コーヒーを開ける。

カシッという、金属が開く耳触りのいい音が聞こえ、横目で見る。

「ブラックにしちゃったけど、大丈夫でしたか？」

コーヒーの好みは知らないから、自販機の前で少し悩んだ。

一緒にご飯を食べた時、甘いものも大丈夫そうだったから、微糖がいいのかなとか。

でも、下手に挑戦するよりも、ブラックの方が無難だろうと判断して決めたのだけど……嫌いじゃなかったかな。

わずかな不安を抱きながら見ていると、松浦さんは缶コーヒーをひと口飲んでからニコッと笑う。

「大丈夫。コーヒーは基本ブラックだから」

「そうですか。結構好みが分かれるし悩んだんですけど、よかったです」

ホッとしていると、「友里ちゃんの好みは？」と聞かれる。

「ブラックも飲めますけど、カフェオレとかの方が好きです」

「ああ、そんな感じするね。甘いのと、甘さ控えめのだったらどっちが好み？」

「その時によりますかね。デザートと一緒に飲むなら控えめがいいです。でも、カフェオレだけで満足するつもりの時は、甘めの方が」

会社の敷地から路地に出る。細い路地を数十メートルほど進むと駅まで延びる大通りにぶつかり、通行人に気を付けながら左に曲がる。

すると、今まで左側を歩いていた松浦さんが、自然に私の右側に位置取りを変えるから、そういうところはさすがだなぁと内心感心した。そういえば、思い起こしてみても、今まで松浦さんは私に車道側を歩かせたことがない。

確かに松浦さんの容姿は整っているけれど、女性に人気が高いのはそれだけの理由ではないのかもしれない。豊富な話題とか、聞き上手なところとか、一見軽く思われがちな柔らかい雰囲気だとか。惹かれる部分はパッと思いつくだけでも、いくつもあった。

たった数回、一緒に時間を過ごした私がこうなんだから、他の女性が惹かれるのは当然に思えた。

車道を走る車のヘッドライトが等間隔で通り過ぎていくのを横目で眺めていると、ふとお昼休みのことを思い出す。テレビの中で淑女が『不幸なひとの方が魅力的に見えるものです』と豪語していて、それについて工藤さんと麻田くんとあぁだこうだ話したことを。

「松浦さんって、すごくモテるんですよね」

「随分急だけど……どうかした？」

キョトンとした後失笑され、お昼休みに見たテレビのことを説明する。幸せオーラ全開の麻田くんと、不幸のどん底の麻田くんだったら、不幸どん底麻田くんの方がモテるらしいという仮説を。

その後で「だから、モテる松浦さんって不幸なのかなと思って」と付け足すと、松浦さんは苦笑いをこぼした。

「それは……うーん、どうだろ。でも、幸せ全開って感じではないかな」

決して、謙遜したわけではなさそうだった。車のライトに照らされた横顔には微笑みが浮かんではいたけれど、なぜか儚《はかな》く見え、そこに、さっきの松浦さんが重なる。会社から出てきた時の、疲れた顔が。

だけど、松浦さんとしてはそこにはあまり触れてほしくない気がしたから、「そうなんですね」となにも気付かない振りをして返した。

このひとはたぶん、建前とか外面しか他人に晒さないいんじゃないだろうかと、ふと思う。本音だとか、傷つけられたら困る部分は、内側にしまいこんでいるんじゃないだろうか。

……なんていうのは、知り合って間もない私の、ただの憶測でしかないけれど。

まぁでも、そんなのは誰でもそうか、とひとりで納得していると、缶コーヒーを何度か口に運んだ後で松浦さんが、ふっと笑った。

隣を見ると、顔は前に向けたまま、細めた目でこちらを見る松浦さんの姿があった。

「なんですか？」

「いや、友里ちゃんってやっぱり真面目だよなって思い直してただけ」

もう何度言われただろう。自分を不真面目だと思ったことはないけれど、そこまで繰り返し真面目だと言われるほどでもない気がして、そのまま受け入れられずに眉を寄せた。

「松浦さんの周りにいるのは、そんなにルーズなひとばかりなんですか？」

だから私をそう思うのだろうと判断して聞くと、松浦さんは、「そういう意味じゃなくてさ」と、私を真面目だと思うに至った説明をしてくれる。

「よく知りもしない、しかも悪い噂があるような男を、普通はそんな真面目に相手しないよ」

「私だって別に真面目に取り合ってなんかいませんけど」

時には適当な相談相手として、時には八つ当たり要員として利用していたし……と言った私に、松浦さんは「充分真面目だよ」と微笑む。

「もし俺が友里ちゃんの立場だったら、適当に相手する。相手の時間が無駄になろうが傷つこうが俺のせいじゃないし。本気じゃない想いにいちいち真面目に向き合ってたって疲れるだけだろうし、それこそ自分の時間を無駄にしたくないって考えると思う」

「それをわかってて、なんでこうして付きまとうんですかね……」

私の立場になって考えられるなら、私が迷惑がっていることだってとっくにわかっていただろうに。

冷たい眼差しを送っていると、松浦さんは「それはまた別の話」と、苦笑いを浮かべて続ける。

「まぁとにかく、俺だったらそうなのに友里ちゃんは違う。俺のこと期待させないようにってちゃんと俺のために予防線を張ってるし、顔合わせれば毎回律儀に〝好きじゃない〟って俺を否定する」

それは……だって、いくら松浦さんでも、期待させて傷つけたら、嫌な思いをするのは私だ。だから自分のためでしかない、と主張するよりも先に、松浦さんが言う。

「俺のこと、心底うっとうしそうな顔するくせに、謝るためにわざわざコーヒーがぬるくなるくらい寒いなか待っててくれたり。俺のすることにムキになったり怒ったり……友里ちゃんはいちいち反応してくれるから、一緒にいて楽しい」

「……それ、私、怒ってるだけじゃないですか」という声が小さくなってしまったのは、松浦さんがやけに柔らかい微笑みを私に向けていたからだった。

いつもの貼りつけたような営業スマイルでも、挑発するような憎たらしい笑みでもなく、嬉しそうな温かい微笑み。

この顔が、松浦さんの本当の気持ちからくるものだと確信できるほど、私は松浦さんを知らない。もしかしたら演技をしていて、とっておきの微笑みで私をオトそうとしている可能性だってあるわけだし。

だけど……いつもの笑顔よりも、よっぽどいいなぁとは思った。

ぼんやりと見つめてしまってからハッとして目を逸らすと、松浦さんがふっと笑ったのが音でわかった。

「〝私も好きです〟って嘘つけばそこで終わりなのに、それもしない。最初は、見た目に反してあまり頭がよくないのかもしれない、とも思ったけど。友里ちゃんと話すなかで、その理由がわかった」

さぁ……と吹いた風が、歩道の道路側に植えてある木を揺らす。紅葉の季節を過ぎた葉は地面に落ち、カラカラと小さな音をたてて転がっていた。

「友里ちゃんは頭が悪いんじゃない。不器用で、すごく純粋なだけだ」

優しく目尻を下げた松浦さんが、まるで子犬でも愛《め》でるような眼差しを向けてくるから、目を逸らし、口を尖らせる。

「誰彼構わず好きだのなんだの言える方がおかしいんですよ。私が普通です」

あの日、加賀谷さんに必死の思いで伝えた〝好き〟の言葉は、たとえ嘘でも他のひとには言えない。それは、普通のことだ。

「加賀谷さんに……加賀谷さんだけに、聞いてほしいのに」

感情があふれぽとりとこぼれ落ちた言葉に、一瞬ののちにハッとする。じめじめした雰囲気にしてしまった気がして慌てて顔を上げたけれど、松浦さんはなにも聞こえていなかったようで、「ん？」と首を傾げる。

少しだけ口角が上がった綺麗な笑みを見て……なんとなくだけど、きっと今の私の独り言は聞こえたんじゃないかと思った。その上で、聞こえないふりをしてくれている気がした。

「……いえ。今日も好きじゃないですって、言いたかっただけです」

「今日はそれ、言われてないなって思ってたのに」

半分悔しそうに、半分おかしそうに笑う松浦さんを見て、私も、ふふっと笑みをこぼす。

このひとの恋愛スタイルは正真正銘、誰がなんと言おうと最低だけど。性格は、そこまで悪くないのかもしれない。

あの日、イルカの水槽の前で感じたような〝なに、このひと……！〟というひどい印象はだいぶ薄れていた。慣れもあるのだろうけれど、少なくとも、私にはそこまで嫌なひとだとは思えなくなっていた。

「惚れてもいいよ」【side.M】

――自分の存在意義を、好成績でしか実感できない。それは物心ついてからずっとのことだ。

褒められて選ばれないと、自分がまるで意味のないモノだと周りに思われそうで怖くなったのは、なにが原因だったのだろう。

誰かひとりに夢中になれない自分を不幸だと思ったことはなかった。昔からこうだったし、本気の恋を羨んだこともない。自分にとっては一時的な疑似恋愛で充分だった。それ以上は必要ない。

けれど、そんな俺の恋愛スタイルは、他人から見たら幸せなものではないらしかった。

『松浦さんって不幸なのかなと思って』

先週、あの子が言っていた言葉が頭をよぎった。

「おまえ、まだ大学の頃みたいな恋愛繰り返してんの？」

友達でもあり同期でもある北岡《きたおか》に聞かれ、曖昧な笑みをこぼす。北岡とは、大学二年から十年近くの付き合いになる。

社員用出入り口から外に出ると、冷たい空気が襲いかかってくる。きっと、あの子だったらマフラーを口元まで上げているところだろうと思い、自然と笑みがこぼれた。時間は十九時を回っている。ノー残業デーでもない今日、この時間に会社を出られるのは珍しかった。

「とりあえず、今はしてない」と答えると、すぐに「じゃあ、今はなにならしてんの？」と聞かれるから、苦笑いを浮かべてから口を開く。

「片想いしてる子を見つけて、おもしろそうだから声かけたところ。でも、警戒心がすごいから、今はとりあえず友達として信頼関係を築こうとしてる」

「うーわ。最低だな、おまえ」

これ以上ないほどに顔を歪めた北岡は、軽蔑するような眼差しを向けた。

大通りに出て駅方面に向かって歩く。駅まで延びる道は今日も通行人が多い。

「なんで？　まだ友達になろうとしてるだけなのに」

「だって、その結果、その子が松浦に本気になったらいつもみたいに切るんだろ？

友達として信頼関係築いた上で最後は裏切るわけだし、そんなの普通にキツいじゃん」

はっきりと言い切られ、返す言葉をなくす。

……そういうもんか？　自分だったらどうだろうと立場を置き換えて考えてみるけれど、〝裏切られたら〟という仮定は俺の中では立てづらく、早々に諦め息をついた。

それでも、北岡の言うことはなんとなく理解できた。

そうか。俺の行動は結果的にあの子を傷つけることになるのか。

今までだって散々、裏切って泣かせてきた自覚はあるのに、なぜだか友里ちゃんの泣き顔を思い浮かべると心臓のあたりに鋭い痛みのようなものが走り、自分の胸を見下ろす。

確かに痛みがあったのに、服の上からさすってみてもなんともない。痙攣《けいれん》みたいなものかと、さっさと片付け、暗い空にぽっかりと浮かぶ満月を眺めた。

小学五年生の頃、初めて告白された。

きつく断ったわけではないのに、後から聞きつけた女子に囲まれ『ひどい』の大合唱。告白してきた本人は、まるで俺が悪いとばかりに泣きじゃくっていた。

『本気で好きだったのに』と言うけれど、相手が本気だったら断る権利はないってことなのか。からかって答えをごまかしたわけでもないのに責められる意味がわからなかった。

向こうが気持ちを告白してきたから、俺も素直に気持ちを伝えただけなのに。結局、OK以外の返事をしたら責められるってことなんだろう。その時に植え付けられた理不尽さはずっと尾を引き、恋愛に関することが面倒になった。

そんなことがあった三年後。中学二年で、あの時『ひどい』と先頭に立って責めていた子と同じクラスになった。

あれだけ眉を吊り上げて怒鳴《どな》っていたのだから、相当嫌われているんだろうなぁという俺の予想とは反して、その子は俺に好意的だった。だから、ちょっと特別優しくしてみたら、その子はすぐに真っ赤になって嬉しそうに笑った。

あれだけの嫌悪が好感へ。感情なんて簡単に変わるものなんだと、しらけた頭の中で考えていた。

今思えば、その頃から今までずっと、誰かを本気で好きになったことはない。

「キツい……か」

「キツいだろ。っていうかおまえは、相手の子がどう感じようがどんだけ泣こうがどうでもいいんだろうけど」

どうでもいいってわけじゃ……と言おうとして止める。

相手の態度に本気が覗き始めたら、早々に関係を切ってきた。それは、本気の想いに応えられない俺なりの優しさのつもりだったけれど、相手を傷つけて泣かせてきたことには変わらない。

だから、北岡の言う通りではあるけれど、友里ちゃんに対する感情は今までとは何かが違う気がしていた。

彼女といると、他の誰かと一緒にいる時みたいに時間が淡々と過ぎることがない。一秒一秒が色を持ち流れるようで、いつもと同じ帰り道が華やいで映るし、見逃せない。

「楽しいんだよなぁ」

思わず声に出した俺を、五センチほど下から北岡が見上げる。

「なにが?」

「今、構ってる子、一緒にいると楽しいんだよ」

「おまえ、いつも楽しそうじゃん。駆け引きして遊んでるのが楽しいってことだろ?」

「そうじゃなくて」

友里ちゃんと一緒の時は、彼女の歩幅に合わせて二十分はかかるのに、今日は十五分もかからずに駅に着いた。駅を挟んで反対側にある居酒屋に行くために構内へ入る。

今日は北岡に誘われてそこで飲む予定だった。

人通りが多く、いちいち避けながら歩くのは結構なストレスだった。

「前は確かにそうだったけど、今は違う。会うたびに『好きじゃない』って言われてるし、正直見込みなんて今のところゼロなのに楽しい」

「ただ珍しいだけだろ、自分になびかない子が。いちいちステップ踏まされてる状況っていうのが、攻略難度上げてて楽しいだけなんじゃねーの。ラスボス感があって。そういえば先月出たRPG、俺ようやくラスボスの城まで行ったんだよ。長かったわー」

俺の話なんて真剣に聞く気がない様子の北岡が、ポケットから取り出した携帯に視線を落とす。ステップだとか攻略難度だとか。今言われたことを頭の中で反芻《はんすう》し、そうかもしれないとも思うものの、でもどこか腑に落ちないままひとの多い構内を抜ける。

いつも使っている東口はオフィス街のイメージが強いけれど、反対側に出ると印象はガラッと変わる。西口前は、居酒屋や飲食店が並び、店内からあふれ出る明かりが眩しいほどだった。

「どこで飲むんだっけ」

西口には、行きつけの店がいくつかある。だから確認すると、北岡は『紬田屋《つむぎだや》』と答えた後でバツの悪そうな笑みを向けた。せっかく整えたキリッとした眉尻が情けなく下がっている。

「でさ、松浦には言ってなかったんだけど、今日はふたりじゃないんだ」

「へぇ。別にいいけど。なに、会社のやつ？」

部署間は仕事やら予算の関係で割とギスギスしている。酒の席でもなければ他部署の人間と腹を割って話す機会はあまりない。けれど、仕事を進めていく上で、他部署のことを知っておくのは役に立つ。現場に近い部署であればあるほどいい。

だから、そんな機会が今日持てるならと喜んで返すと、北岡は尚もうろたえたような笑みで言う。

「いやー……それが、他の会社っていうか」

「他の？　うちの関連企業？」

「いや、全然。むしろ仕事の話なんかできなそうな……女の子」

ピタリと足を止めた俺に、北岡は焦った様子で身振り手振りで説明する。

「騙して悪かった！　でも松浦、本当のこと言ったら絶対来ないじゃん。だけど、相手の子は松浦に会いたいって言うしさー。俺だって板挟みだったんだって。ちょっと顔出してくれればそれでいいから！　頼む！」

必死で頼み込む北岡に、小さくため息をつく。

「相手はなんで俺のこと知ってんの？」

「夏に同期で集まったじゃん。この間、その時の写真見せて、それで……あ、でもおまえが喜びそうな相手もいるから！　そっちは男な。ほらおまえ、調合部とかそのへんと繋がり欲しいって言ってたじゃん。調合部ではないけど、今日一緒に来るひとは割とオールラウンダーで現場の経験もある」

〝調合部〟や〝現場の経験〟という単語に「へぇ……」と声を漏らすと、北岡が畳みかけるように続ける。

「入社十年目のベテランだし、興味あるだろ？」

縋《すが》るような眼差しを向けられて悩む。確かに、調合の仕事内容に精通している人間と話せるのはでかい。でも、女目当てに来ているそいつが、飲みの場で俺と仕事の話をするとも思えなかった。

そもそも、社外の人間がいる席で話せる内容じゃ得られるものは少ない。

北岡には悪いけれど、顔だけ出してすぐに帰らせてもらうことにする。それを口にしようとした時。

「第二品管の加賀谷さんっていうんだけど。おまえも名前くらい聞いたことあるだろ？　いやー、苦労したんだからな。最初は断られたけど、粘って粘ってようやく約束取り付けたんだから俺に感謝しろよなぁ」

北岡が告げた名前に耳を疑う。

人通りが多く、ざわざわとうるさい西口前。「は？」と聞き返すと、北岡は「だから、第二品管の加賀谷さん」と再度、その名前を口にする。

「加賀谷……」

それは間違いなく、友里ちゃんから何度も聞いた名前だった。

「女の子集めるのに苦労するならわかるのに、なんで俺は男を集めるのにこんな大変な思いしてるんだって、途中虚しくなってさー……まぁ、そんなわけだし、俺の苦労に免じて来てくれない？」

北岡の苦労はどうでもよかった。女の子もどうでもいい。けれど……。

「行く」とはっきりと言い、早足で歩き出した俺に、北岡は安心したように笑い隣に並んだ。

オーダーを済ませてから「どうも。松浦です」と挨拶すると、女の子たちは心なしか頬を赤くして笑顔を見せる。せめて酒が運ばれてくるまでは愛想をよくしておこうと決め、それぞれの自己紹介に微笑んで頷く。

受付をしているという三人は、そこそこかわいいのだろう。北岡が目尻を下げっぱなしにしているのを見てそう判断する。こいつは案外面食いだから。

三人は、髪型にも服にもトレンドを取り入れていて、雑誌や情報番組でいうところのオシャレ女子に当てはまるのだろうし、きっとこの飲み会はあたりだ。北岡もそう思っているのが浮かれた表情から見て取れる。

……加賀谷さんも、心の中ではそんなことを思っているんだろうか。

チラリと視線を向けると、加賀谷さんは切れ長の目を細めて、女子の話に耳を傾けていた。

『強面なんですけど、性格は全然そんなことなくて面倒見もいいし優しいし、よく笑うんです』

一緒に飲んだ時、どこがそんなに好きなんだと聞いた返事がそれだった。

友里ちゃん本人は感情を抑えて答えたつもりだろうけれど、無意識なのか口角は上がりっぱなしで、愛しさみたいなものがこぼれていた。あの友里ちゃんがはにかんでいる、と内心衝撃を受けた。

俺にはつんけんしてばかりなのに、加賀谷さんのことを話す時にはこんな顔をするのか、と正直驚いたことを鮮明に覚えている。

友里ちゃんに対しては、〝この俺に対して？〟のような驕《おご》りはない。初対面の時にスパッと切り落とされたから、彼女が俺にこれっぽっちの興味も好意も持っていないのは百も承知だ。

だからあの時驚いたのは、こんなに強情で無愛想な子が、特定の男にはここまで特別な顔を見せるのかということだった。

本人はどう思っているのか不明だが、友里ちゃんは案外わかりやすい。よく笑ってよく怒るといったようなわかりやすさではないけれど、無表情にも種類があって、それは注意深く見ていればすぐにわかる。

〝ああ、今の美味しかったのか〟〝少し機嫌損ねたな〟

決して素直じゃない友里ちゃんの、わずかな表情の違いを見つけるのは楽しかった。一貫して俺に塩対応かと思えば、俺を待ち伏せしてまで謝ってきたり。

あの程度の言い合いだったら流すのが普通だ。時間を空けて次に会った時にはお互いスルーして、それこそ、まるでなかったことみたいに接する。深追いする必要もないし、表面上の関係ならそれで充分。

なのに、誰より〝表面上の関係で充分〟だと思っているような冷めた見た目をした友里ちゃんがきちんと謝ってきたのは意外でしかなかった。

付きまとって迷惑をかけている自覚はある。そんな俺に対して、バツが悪そうにしながらも誠意を見せてくれる友里ちゃんに、気付けば笑ってしまっていた。

なんて不器用で……純粋ないい子だろう、と。

「智夏《ちなつ》ちゃんって、あの子に似てない？　ビールの販売員からグラビアデビューしてたかわいい子」

「えー、本当ですか？　嬉しい」

どうやら北岡の狙いは、隣に座る智夏ちゃんらしい。「似てるよな？　松浦」と話を振られ、適当に頷いておく。

畳の個室が十室ほどと、あとはカウンター席だけの店内は七割方の席が埋まっていて、他の部屋から会話が聞こえてくる。この店に来る時はいつも少人数で、カウンターに座るから気にならなかったけれど、あまり落ち着いて話せる雰囲気の店ではなかった。

「智夏ちゃんって受付なんでしょ？　いろんな営業に名刺渡されたりしてるの？」

「ないですよ。私なんて全然ですし。でも、結構仕事いっぱいあって忙しいし、今転職考えてるんです」

北岡と智夏ちゃんの会話を聞きながら、ネクタイを緩める。並び的には、北岡、智夏ちゃん、俺で、向かいの席には、加賀谷さんと、その両脇に女の子。

入社年数的に先輩にあたる加賀谷さんにおいしい席を、という配慮は見せかけだけで、本心としてはいつでも抜けられる、通路側の端がよかっただけだった。

……それにしても。まさか本当に加賀谷さんがいるとは思っていなかった。いや、第二品管の加賀谷さんと聞いた時点で、そうだとは思っていたけれど……どうしても、本人をこの目で見るまでは、納得ができなかった。

だって、あの友里ちゃんが想いを寄せる相手が、まさかこんな安い飲み会に参加するとは思えない。

勝手な想像でしかないけれど、友里ちゃんが惚れ込むくらいなのだから、こんな合コンみたいなものには参加しないだろうし、そもそもアルコール自体飲みそうもない。ギャンブルもしなければ、煙草も吸わない。

風呂敷いっぱいの荷物を背負った、絵に描いたように腰の曲がった老人を見かけたら、少しの迷いもなく荷物を持ち、その上、笑顔を浮かべ手を引いてあげるような優しく実直な男をイメージしていた。

けれど。

「あれー、加賀谷さんってよく見ると瞳が薄茶なんですね」

「ああ、何代も上にアメリカだかどっかの国の血が混じってるらしいから、そのせいかも。でも、よく気付いたな。俺、自分で見てもどのへんが薄茶なのかわからないのに」

「えー、わかりますよ。あ、でも女性の方が色は細かく判断できるって言うし、そのせいかも。ちなみに私の瞳は何色に見えます？」

自分の目を指さして笑いかける女の子の顔を、加賀谷さんは「わかるかなぁ」と困ったように笑いながら、覗き込む。その光景は、こういった飲み会ではごく普通に繰り広げられるもので、目にする機会だって多いのに、なんとなく胸くそ悪く感じ目を逸らした。

……でも。そうだよな。俺が勝手に想像していただけであって、加賀谷さんだって普通の男だ。こういう飲み会に参加だってするし、女の子を口説いてその場の雰囲気で持ち帰ったりもするんだろう。

いたって普通のことだ。自分だって何度も繰り返してきた、普通のこと。

――なのに。なんでこんなに気に入らないんだろう。腹の底から湧き上がってくるわけのわからない苛立ちをどうにか逃がしたくてため息をつくと、智夏ちゃんが、心配そうに「あの……」と話しかけてくる。

視線だけ移すと、つけまつ毛とキラキラしたアイシャドウで彩られた目が俺を見上げていた。

栗色の髪が、友里ちゃんを思い出させる。

面倒だと思いながらも「ん？」と笑みを作ると智夏ちゃんの頬が赤く染まる。

「あの、体調が悪そうなので、大丈夫かなって」

「ああ、ごめんね。少し仕事で疲れてるだけ」

「そうなんですか……。ごめんなさい。もしかしたら、私たちが松浦さんに会いたいなんてワガママ言ったせいで、無理やり連れてこられちゃった感じですか？」

潤んだ目で〝そんなことないよ〟待ちの問いかけをされ、でも、そう答える気にもならずに曖昧に笑ってごまかす。

そうしている間にビールが運ばれてきて、北岡が「じゃあ、とりあえず乾杯でもするか」と言い出す。

「お疲れ様ー、かんぱーい」

寄せられた六杯の中ジョッキを眺めながら、友里ちゃんは最初の一杯でさえカクテルを頼んでいたっけと思い出す。あんなにキリッとした綺麗な顔立ちをしているのに、彼女は甘党だ。ビールは苦くて口に合わないらしい。

でも、アルコール自体が嫌いなわけではなく、甘めのカクテルなら美味しく飲めるらしいから、次回はそういう店に誘ってみてもいいかもしれない。この間も、キウイサワーを美味しいと飲んでいた。

「私、ビールって苦手なんです」

そう話し出した智夏ちゃんに、北岡が「そうなの？」と眉を下げる。

「最初に言ってくれればよかったのに」

「だって、飲み会って、みんなとりあえずビールって感じじゃないですか。苦手だとか言い出しにくくて」

「じゃあ、智夏ちゃんの分のビールは俺が飲むから、違うの頼みなよ」

「え、本当ですか？　優しい。ありがとうございます」

ふたりのやり取りを聞いていて、ビールが苦手な子も結構多いのかもしれないな、と考える。同時に、友里ちゃんもたぶん、仕事関係の飲み会では無理して一杯目はビールを頼むんだろうと簡単に想像がつき、ひとり笑みをこぼした。

きっと、こちらが気を遣って〝代わりに飲むよ〟と言っても〝嫌いなだけで苦手ではありませんから大丈夫です〟と意地を張った答えが返ってくるんだろう。素直に甘えることができないあの子らしい。

こんな風に、見るもの聞くものすべてを友里ちゃんに繋げてしまうのは、ここに加賀谷さんがいるせいだろうか。なにげなく視線を向ければ、さっき瞳の色がどうのと話していた子と仲良さそうに笑っていた。

派手な化粧をして、やたらと甘えた声を出すような、男に媚《こ》びるのが上手なああいう子がタイプなのか。

どこか納得できない思いを噛み殺していると、不意に視線がぶつかる。加賀谷さんは目を逸らすことなく、「松浦くんとは、きちんと話すのは初めてだな」と、今まで隣の子に向けていたものと寸分違わない笑顔を浮かべた。

確か、歳上だ。入社年数的にも加賀谷さんが先輩にあたることを頭の中で確認してから口を開いた。

「そうですね。仕事ではほとんど関わりないですからね」

「でも、松浦くんの噂は聞いてる。今、研究室が取りかかってるコーヒーは松浦くんの案なんだろ？」

「まぁ……でも、他社製品がとっくに出回ってますし、これから試作して機材揃えなきゃだし完全に出遅れてますけど」

社外の人間が同席している以上、あまり詳しいことも言えずにそれだけ返すと、仕事の話題にもう黙っていられなくなったのか、加賀谷さんの隣の子が「難しい話はそのへんにしません？」と割り込んでくる。

「っていうか、松浦さんも加賀谷さんも、鍛えてますよね？　私、締まった体大好きなんです。触ってもいいですか？」

ジッと、ねっとりとした眼差しを向けられ、すぐに笑顔を作った。

「ダメ。俺、結構潔癖症だから他人に触られるの苦手なんだよ」

そこまで潔癖症でもないけれど、他人にベタベタ触られるのが嫌いなのは本当だった。「ごめんね」と謝ると、その子は「えー、残念」とわざとらしく眉を寄せた後、加賀谷さんにターゲットを変える。

「じゃあ、加賀谷さんは触らせてくれます？」

ぐいぐいくる女の子に、加賀谷さんは少し困った顔をしながらも「いいよ」と許可を出す。

たぶん、断るのが苦手なひとなんだろう。仕事も多く抱えることになって負担が増える一方だと友里ちゃんが心配そうに話していたし。今日だって、北岡に頼み込まれて仕方なくって話だ。

だから決して、喜んで触られているわけではないのに……キャッキャ言いながら腕を触る子にも、戸惑いながらも触らせる加賀谷さんにも、苛立ちを感じずにはいられなかった。

きっと友里ちゃんだったら、どんなに触れたくても触れてほしくても声に出せないで、ぐっと我慢することを知っていたから。

――そんな、誰とも知らない女に簡単に触らせるなよ。

友里ちゃんは、手を伸ばしたくたって我慢して、ただの上司と部下としての距離を保とうと必死なのに。その距離を、本当はぶち壊したいのに、それでもアンタに気を遣わせないようにって耐えてるのに。

「――篠原友里って加賀谷さんの部署にいるでしょ。あの子、かわいいですよね」

こういう席で、他の女の子の話題はタブーだ。それを理解していても止められなかった。案の定、他の子からは「えー、誰?」と不満の声が上がるなか、加賀谷さんは目を見開いて俺を見ていた。

頬杖をつき、わざと口の端を上げて続ける。

「難攻不落に見えて案外そうでもないっていうか。真面目だからこそ、他人の好意を無視できない。女関係の噂最低な俺なんかでもちゃんと相手をしてくれて、そういうところかわいくないですか？」

少しは友里ちゃんのことを考えればいい。こんな飲み会に加賀谷さんが出席したなんて聞いたら悲しむに決まっているあの子のことを。それなのに、悲しい気持ちなんて全部隠して加賀谷さんの前では平気な振りして笑うあの子のことを。

俺と友里ちゃんに繋がりがあるとは知らなかった様子の加賀谷さんは、驚いたままなにも言わなかった。

でも、とりあえずこれで、加賀谷さんの頭の中には友里ちゃんのことが思い出されただろうと満足して、にこっと笑顔を作った。

「俺、用事があるんで、お先に失礼しますね」

北岡には悪いけれど、これ以上、ここにいる気にはなれない。周りの返事も待たずに五千円札を一枚テーブルに置き、席を立った。

外に出ると、さっきよりも人通りは多くなっていた。二十時過ぎという時間帯のせいもあるんだろう。ぶつからないようにひとを避けながら、西口に向かって歩き出す。飲み会でたまった苛立ちを逃がすように息を吐き出すと、空気が白く染まった。そういえば今日の最低気温は六度だった。これからどんどん冷え込んでいくんだろう。これでまだ十一月末なんだから嫌になる。友里ちゃんじゃないけれど、そろそろマフラーと手袋が必要かもしれない。

――それにしても。

あれだけ一途に想われたら、普通、ほだされたりしないだろうか。あんな風に真っ直ぐな気持ちを向けられて断るか？　普通。

社内の、しかも同じ部署の人間相手に下手なことして気まずくなったら面倒だという気持ちはわかる。男なら特にこの先何十年とこの会社に身を置くことだって考えているし、女とのどうこうで立場をなくすなんて馬鹿馬鹿しい。

でも、相手は友里ちゃんだ。たとえ結果的に別れることになったって、面倒なことなんて言い出さない……と、そこまで考えて、自分自身にため息を落とす。

友里ちゃんに肩入れしすぎていることに気が付いて。

誘拐犯は、感情移入することを防ぐために人質の名前は呼ばないというけれど、まさにあんな感じだった。

今まではただの遊び相手としか意識していなかったから、誰を傷つけたところでなんとも思わなかった。興味がなかったから相手なんてどうでもよかった。

でも今回は、友達になってしまった。恋愛とは関係ないことも話したし、彼女のいろいろな面を見た。意地っ張りなのに傷つきやすくて、真面目で優しい女の子だと、認識してしまった。いい子だと思ってしまった。

「……失敗したなぁ」

最初は、ただの興味本位だった。クールな友里ちゃんの片想いに気付いて、ついついてみたくなった。実際そうしてみてもまったく俺になびかない彼女を見て、少し難易度が高めでおもしろそうだと手を出したのに、初めてのことだらけで線引きも引き際もわからなくなっている。でも、それを楽しいと感じている自分もいる。

例えば……例えば、友里ちゃんが俺に振り向いたとして。俺はその時、どうするだろう。いつもみたいに、本気の想いは面倒だからと冷たく切り捨てて友里ちゃんを傷つけるんだろうか——。

そんなことを考えていた時、うしろから呼び止められる。

「松浦くん」という声に振り返ると、人混みの中に加賀谷さんの姿があった。走って追ってきたのか、肩で息をしている。

こうして、追いかけてきてまで俺と話したいことなんかあったか?と考えながら、向き合うように立ち直すと、加賀谷さんは二メートルほど距離をとったところで足を止めた。俺たちを避けるように、通行人がどんどん歩いていく。

加賀谷さんが鞄を持っていることに気付いて驚いた。

「あれ、いいんですか？　隣に座ってた子、加賀谷さんに気がありそうだったのに」

コートも着ているし、戻るつもりはないんだろう。傍《はた》から見ていても脈がありそうだったのにもったいないな、と思っていると、加賀谷さんは少し黙った後で俺を見る。

真面目な顔だった。

「篠原のこと、傷つけるつもりなら諦めてほしい」

さっき飲み会の場では一度も見せなかったような真剣な眼差しで告げられ、驚く。でも、一瞬感じた驚きはすぐに巨大な怒りに覆いつくされた。

「……は？」

眉をしかめた俺に、加賀谷さんが言う。

「社内に流れる松浦くんの噂は聞いたことがある。恋愛方面の噂も。もしもそれが事実だとしたら、篠原に軽い気持ちで近づくのはやめてほしい」

なにを、どの立場から言ってんだ、と内心悪態をつきながらも、一応「なんですか？」と聞くと、加賀谷さんは切実に訴える。

「いい子なんだ。仕事だって要領よくこなしてくれるし、少しわかりにくいかもしれないけど性格だっていい。松浦くんの恋愛スタイルに口出しする気はない。でも、篠原は――」

「アンタ、友里ちゃんの保護者かなにかですか？　それ、なに〝ごっこ〟のつもりですか？」

振った男が、善人ぶってよく言う。呆れて笑みをこぼした俺に、加賀谷さんは驚きのあまり言葉もないようだった。

このひとはきっと、いいひとなんだろう。男女問わず同じ笑顔を向けられて、仕事での信頼も篤く、同じ部署の女の子を傷つけないために、おいしいチャンスを捨てて俺を追ってきたくらいなんだから。

だから、友里ちゃんだって惹かれた。

「俺と友里ちゃんの関係に口出しする権利は、アンタにはない」

切れ長の目をジッと見据えて告げる。

「お疲れ様でした」とだけ言い背中を向けたけれど、うしろからはなにも追ってこなかった。

マンションに着くまでの三十分。ずっとイライラしていた。

篠原友里という子に興味を持ったのは、同僚のする噂話からだった。

『かわいいよなぁ。でも態度がな……』

『なー。俺もちょっと頑張ってみようとしたけど瞬殺だった。あれは心打ち砕かれるわ。なんの会話振ってもニコリともしねーんだもん』

『やっぱり愛想がいい子の方がいいよな。癒されるし』

〝かわいいけれどニコリともできない、愛想の悪い女〟だと評されていた彼女を見かけたのは、その後すぐだった。エレベーターで一緒になった時、乗り合わせた先輩らしき女性社員に「篠原」と呼ばれているのを聞いて気付いた。

確かに噂通り整った顔立ちをしているとは思った。若干幼さが残っている外見は美少女と呼んでも言い過ぎではなかったし、同僚が騒ぐのも理解できた。

猫のようにほんの少しだけ目尻の上がった大きな丸い目に、小さな鼻と形のいい薄い唇。透き通るような白い肌と、栗色のふわふわとした髪はまるで人形みたいで、かわいい子もいるもんだなぁと感心すらしてしまうほどだった。

ただやっぱり、エレベーター内での会話をこっそり盗み聞きしていても彼女はずっと真顔だったし、その後、社内で意識して探すようにしたけれど、いつ見かけても無表情だった。

〝そんなにつまらない？〟と、うっかり口にしそうなくらいには。

〝噂通りの、無愛想な子〟という印象が変わったのは、初めて見かけてから半月が経った頃。たまたまエレベーター待ちで一緒になった時だった。

エレベーターに乗り込み、彼女が〝閉〟のボタンに指を伸ばしたと同時に『篠原、待って』と声が聞こえた。見れば、男性社員が片手を顔の前に上げ『俺も乗せて』と申し訳なさそうな笑みを浮かべているところだった。

走ってきたのか、呼吸が乱れている男は無事乗り込むと、ふーっと息をつく。そんな姿を見て、彼女は笑った。……笑った。

『そんなに急がなくても大丈夫ですよ』

『いや、俺もそう考えていた時もあるけど、それだと甘すぎるんだよ。急がないとすぐ売り切れちゃうからなぁ』

『うちの食堂の杏仁豆腐、特別美味しいですもんね』

いい大人の男が杏仁豆腐のために走ってきたのかよ、なんていう感想が、浮かんですぐ消えていく。彼女があまりに嬉しそうに笑っているから、それどころじゃなかった。

愛想がないと噂になるほどの彼女が、現にこの二週間まったく笑ったところなんて見せなかった彼女が、嬉しそうに顔をほころばせている。その事実に、ただただ唖然とするばかりだった。

ああ、あの子はあの男のことが好きなのか。ようやくそう繋がったのは、ふたりがエレベーターから降りた後だった。

……おもしろそうだな。片想いだとしても両想いだとしても、あそこまで特定の相手だけに笑顔を見せる彼女に興味を持った。こっちになびかせてみたくなった。真面目な恋しかできないような子は今まで除外してきた。彼女だって、普通だったら対象外だ。けれど、彼女がどれほどの本気であの男を想っているのか、不意に知りたくなった。

ただ引っかかるのは、社内という部分だけだけれど……好奇心が勝った。少し接触してみて、もしも面倒そうな子だったらすぐに引けばいい。手を出す前なら問題ない。仮に向こうが俺に夢中になって諦めてくれなかったりした時には、コンプライアンス窓口にでも相談すれば俺が被害者だ。この先、この会社で働いていく上で俺の不利には働かない。

デメリットの可能性を何度も考え……そして出た答えに、自然と口角が上がっていた。

小学生の頃、新作のゲーム発売日に胸が躍ったけれど、まさにそれだった。

《おまえも加賀谷さんも抜けるから、女の子もシラケて結局すぐ解散。最悪だよ》

一応、北岡に昨日の件で謝罪のメッセージを入れると、すぐに返事が飛んできた。

ピコン、という小さな電子音と共に表示されたメッセージに、まだ会社なのかと聞くと、もう帰りの電車の中だという。

まだ十九時前なのに、総務部は随分早く終わったらしい。

《いい感じだったのに。千春《ちはる》ちゃん……だっけ？》

《智夏ちゃんな。あの子も結局おまえ狙いだったみたい。おまえが帰ったら態度がすげー冷たくなったもん》

《それは申し訳ない》

ガッカリしている様子の北岡に謝る。

社員用出入り口がロック解除される音がして顔を上げる。出てきた男性社員を見やってから、視線を手元の携帯に戻す。暗いなか煌々と光る液晶画面が新しいメッセージを表示していた。

《いや、別に松浦のせいではないし。っていうか謝られると余計に虚しい》

語尾につけられたふざけた絵文字にふっと笑っていると、ドアのロック解除音が聞こえた。

もう何度となく空振りしているにもかかわらず、彼女の姿を期待して視線を上げる。

そして、ようやく見えたその姿に、携帯をコートの内ポケットにしまい、腰を上げた。

マフラーを口元まで上げた友里ちゃんは、俺を発見するなり眉を寄せ、目を逸らす。

その態度に、あれ？っと違和感を覚えた。

今まで歓迎されたことは一度もない。迷惑そうにされ、『今日も好きじゃありません』と軽く振られるのがお決まりではあったけれど、今日のこれは少し違う気がした。

……もしかしたら。

思い当たるとしたら、昨日の一件。加賀谷さんは世話焼きだって話だし、友里ちゃんの身を案じた彼が、〝気を付けた方がいい〟と忠告してもおかしくはない。

ふー、とひとつ息を吐いてから「お疲れ、友里ちゃん」と、いつも通りを意識して話しかけると、彼女は「お疲れ様です」とボソリと返した。

どうやら、怒っているわけではないらしい。でもなにかが気まずいという雰囲気に、その理由を考える。

加賀谷さんからなにか注意を受けたとしても、友里ちゃんはどちらかといえば嬉しいだろう。加賀谷さんに気にかけてもらえたことに喜び……その後、どう感じるだろう。

〝恋人にはしてくれないくせに、お節介〟と苛立つのだろうか。〝ただの部下でいなくちゃいけないんだから、こんなことで喜んじゃダメだ〟と自分を律するのだろうか。それとも〝松浦さん、余計なことして！〟と俺に怒るのか。

いくつかのパターンを考えてはみたものの、答えは出ない。さてどうしたもんかなとなにげなく隣を歩く友里ちゃんに視線を向けると、悲しそうにこちらを見上げている瞳と目が合った。

どうやら俺が見る前から見ていたらしい。

「どうかした？」

愛らしい目をわずかに歪めている友里ちゃんは、少し言い淀んだ後でそっと口を開く。

街灯の白い明かりが、彼女の白い肌をより際立てていた。

「昨日、本を読んだんです。なんとなく目に留まって買った文庫なんですけど……主人公の男性の名前が〝松浦〟だったんです」

予想とはまったく違う話をされ、拍子抜けする。

加賀谷さんは昨日の件を友里ちゃんには話していない。そう確信しながら「へぇ、同じ名前だ」と返す。

そういえば彼女の趣味は読書だと、社員旅行の名簿に書いてあった。

「いいヤツだった？」

「どことなく松浦さんに似てました。容姿端麗で軽くてチャラチャラしてて、自信過剰な感じで……」

「あれ。俺、ディスられてる？」

苦笑いをこぼすと、友里ちゃんは〝そんなことありません〟とフォローするわけでもなく、物語の説明に入る。

「そんな、恵まれた容姿のせいで性格にちょっと問題がある〝松浦くん〟は、初めて真剣な恋をするんです。自信たっぷりの〝松浦くん〟は当然アプローチするんですけど、今までのチャラい行動が原因で振られてしまって、人生初の失恋に悲しんでいました」

「……なぜだか俺も胸が痛い」

恋愛小説は読まないし、まして恋愛物はドラマや映画でも観ない。だからただ流して聞いていたのに、物語の〝松浦くん〟があまりに自分に重なるせいで、聞き入ってしまう。

「ショックを受けた〝松浦くん〟は、足取りがおぼつかないまま帰路について、そのまま事故に遭って死んでしまうんです」

「衝撃の展開……」

「〝松浦くん〟は幽霊になるんですけど、その後もずっと空を漂いながら彼女を一途に想い続けるんです。幽霊の世界にはルールがあって三度まで人間を助けていいことになっているんですけど、その三度ともを彼女のために使ってしまって……最後、〝松浦くん〟は消滅してしまう」

友里ちゃんが澄んだ声で説明してくれる物語は、よくあるものだった。数年に一度はブームになるような、儚い恋の話。確か、俺が中学だか高校の頃も女子がそんな本を読んで『泣ける』と騒いでいた覚えがある。

大通りを今日もたくさんの車が行き交う。その走行音や歩行者の声が雑音として広がるなか、友里ちゃんの声に耳を澄ませる。

道路と歩道の境目に植えられている木々には、気の早いクリスマスイルミネーションが施され、ゆっくりとしたテンポで点滅を繰り返していた。

「でも、消滅する瞬間、彼女と目が合うんです。〝松浦くん〟は幽霊だから彼女の目には映らないのに、しっかり目が合って彼女は〝松浦くん〟の名前を呟くように呼んだんです。〝松浦くん〟はたったそれだけのことなのに満足して幸せな思いに満たされて消える……というお話でした」

「二度死んだ感じか……悲しいな、〝松浦くん〟」

結局、振られて死んだわけだし、幽霊になってちょっと報われたからといってそこまで満たされるものだろうか。

目が合って満足、というのがどうしても理解できずに、物語をハッピーエンド風に見せるための綺麗事にしか思えないのは、俺が最低な恋愛ばかりしているからだろうか。

でも、ある程度年齢を重ねていれば、恋愛に肉欲が絡まない方がおかしい。まぁ、だからといって、最後、想いを寄せていた彼女と関係を持って成仏……というのが物語的にダメなことはさすがにわかった。

そんな風に考えていると、小さくため息を落とした友里ちゃんが言う。

「生前の〝松浦くん〟はうっとうしいくらいだったのに、幽霊になってからの一途さと健気さはもう涙なしには読めない感じで……悲しくて」

「なんか……ずっと俺が死んだみたいに聞こえるな」

苦笑いをこぼしていると、友里ちゃんはそんな俺をジッと見上げてくる。どれだけ感情移入して本を読んでいたんだろう。まるで俺の無事を確認しているような眼差しだった。

友里ちゃんの瞳に、街灯の明かりがキラキラと映っていた。

「どことなく似てたってだけなのに、重ねて読んでいたせいで松浦さんの顔を見ると悲しくなってしまって、おかしな態度をとってしまっていたらすみません」

ああ、なんだ。さっき顔を合わせた時のおかしな反応はそんなことだったのか。呆れるというよりも安心して、気付けばふっと表情が緩んでいた。

いつの間にか駅はもうすぐそこで、人通りも会社を出た時よりもだいぶ増えた。それでも、昨日みたいに苛立ったりはしなかった。

「じゃあ友里ちゃんは、昨日その本を読んでからずっと俺のこと考えてくれてたんだ」

当然、〝そんなわけないでしょう〟と、冷たい目と抑揚のない声が返ってくると思ったのに。

「そうなりますね」

友里ちゃんが、至って普通のトーンでそんな返事をするから「え」と、間の抜けた声が漏れていた。

思わず立ち止まった俺に気付いた友里ちゃんが、数歩先で足を止め振り向く。マフラーから飛び出た髪が、穏やかな冬の風にふわふわと流れる。栗色の髪が駅舎からあふれる明かりにキラキラと光っていた。

真っ直ぐな目に、射止められたみたいに体が動かなかった。

「ひどい噂があったし、実際の松浦さんも恋愛観は最低だったから、私もひどい態度ばかりとってしまいましたけど……でも、接してみてわかりました。松浦さんは、そこまで嫌なやつではなかったです」

「そう……かな？」

そうだろうか。自分自身でも割とひどいやつだという自覚があるだけに、頷けずにいると、友里ちゃんは「私はそう思います」と言い切った。

「だから……ちょっとだけ後悔したんです。一緒にいると結構楽しかったりもしたのに、冷たくばかりしたから。もしも松浦さんが幽霊になっちゃったらきっと、もっと優しくしてあげればよかったって思うだろうなって……」

「その前に俺、そんなすぐには死なないから」と、呆れて笑いながら遮ると、友里ちゃんはつられたようにふふっと笑い、歩き出すために体を半分返す。

「そうしてください。松浦さんがそんなことになったら私が後味の悪い思いをします」

初めて見るような、柔らかい微笑みだった。

いつもの棘《とげ》が嘘みたいな、どこまでも優しく溶けてしまいそうな微笑みに、胸の奥から満たされる思いがした。昨日痛んだのと同じ場所が、今度は温かく覆われる。

……本当に、加賀谷さんはこの子のどこを見ているんだろう。昨日の子たちなんかよりもずっとかわいいのに。

しかしそんな、学生向けっぽい内容の物語を未だに引きずっているのだから、純粋なんだろう。それなのに、気は強くて挑発に乗りやすい。

自分自身、友里ちゃんのそういう性格を利用した覚えがあるだけに、彼女がひどく心配になった。気を付けないと、本当に悪い男にいいように騙されてしまうんじゃないだろうか。

「でも、その主人公、そんなに俺に似てた？」

改札を抜けながら聞くと、友里ちゃんは定期券をバッグにしまいながら頷く。

「はい。たぶん、過去に松浦さんが遊んで捨てた女性が恨みのつもりで書いたんじゃないですか？」

「……否定できないな」

痛いところをつかれ、苦笑いをこぼしながらホームに続く階段に向かう。

一緒に帰る時には、友里ちゃんが使っている駅まで一緒に行くのがお決まりとなっていた。俺のマンションは彼女が下りる駅よりもふたつ手前だけれど、ふた駅戻るくらいならなんの手間でもない。

混み合っている構内、友里ちゃんを先に上らせて、俺はそのうしろに続く。ローヒールでカツカツと音を響かせ上るうしろ姿を眺めながら、昨日のことを話してみようかと考える。

加賀谷さんが飲み会に参加して、しかも満更でもない様子だったと話したら、きっと友里ちゃんは傷つくのだろう。

〝加賀谷さんの自由だし自分に口出しする権利なんてない〟と弁えているから決して表には出さない。それでも、そっと心の中では傷つき、ひとり泣くのかもしれない。

そう思ったら……告げようとしていた言葉が、強い磁力にでも引っ張られるかのように喉の奥に引っ込んで行った。友里ちゃんが傷つけば付け入る隙ができて願ったり叶ったりなのに、どうしてだか、そんな気分にはなれなかった。

この子の悲しむ顔は見たくない。いつか、自分だって悲しませるつもりで声をかけたというのに……本当に、近づき方を間違えた。

背筋が真っ直ぐに伸びた綺麗なうしろ姿をぼんやりと眺めていると、不意に友里ちゃんが顔半分だけ振り向き話しかけてくる。

「松浦さんって、私のこういう、なんでもない話にも付き合ってくれますよね」

最後の階段を上りホームに出る。電光掲示板は、あと六分で次の電車が来ることを知らせていた。

すでにできている列の最後尾に並びながら「そう？」と笑顔を浮かべた。

「惚れてもいいよ。大事にする」

なんの意識もなく、するっと出た言葉に、自分でも驚く。

昨日から、ずっと友里ちゃんと加賀谷さんのことを考えていたからだろうか。だから、思考回路がおかしなことになっていたのか？　だって、そうでもなければ俺からこんな言葉が出るなんてありえない。

恋愛に関して責任を負いたくない俺が、『大事にする』なんて嘘でも口にするはずがないのに……どうして。

その場限りの、口説くためのものじゃない。意図せず出てしまった、なんだかわからない気持ちを、どう回収しようかと考えを巡らせていた時。

「どの口が言ってるんですか」

友里ちゃんが呆れたような笑みで言う。

どうやら、本気にとられていないらしいと知り……それもそうか、と納得する。

俺が今まで繰り返してきた恋愛を友里ちゃんは知っているし、今のだってふざけて言っているくらいにしかとらえていないんだろう。

……そうか。

「だよね」

本気で受け取られたところで困るだけだし、これでよかった。それなのに、うっすらと、暗く重たい感情が喉の奥を覆っていく。

息苦しさのようなおかしな感覚が続くせいで、電車の中では友里ちゃんとまともに目を合わせることができなかった。

「私がそばにいてあげます」

部屋に招待される流れになったのは、会社からの帰り道でだった。

松浦さんが、週に一、二度私を待ち伏せするようになり、約一カ月。ただ一緒に帰るだけの時もあれば、夕飯を一緒に済ませることもあったりとさまざまだ。

それだけ時間を共有すれば、おのずと警戒心なんてものは解けていくし、私の中での松浦さんはもう、〝社内でおかしな噂をされるチャラい男〟というよりは、〝なんでも気兼ねなく話せるチャラい男〟という印象に変わっていた。

……というか。松浦さんは、本気で私を口説くつもりがあるんだろうか。そう首を傾げたくなるほどに、松浦さんの言動の裏に下心は感じられなかった。

一度、駅の階段で躓《つまず》いてしまい、体を支えてもらった時だって、松浦さんの手は本当に私を支えただけで、すぐに離れていった。ぎゅうぎゅうの電車の中で密着してしまった時だって『ごめん、友里ちゃん』と駅に着くまで何度も謝っていた。

本当にこれが、軽い恋愛を繰り返してきた百戦錬磨の松浦さんなんだろうか。私がそう疑問を持つのも当然だと思う。

そんな、ただの友人のような同僚のような時間を共有して、なんでもない話題も気兼ねなく話せるようになったからなのか。

『松浦さんって、どんな部屋に住んでるんですか？』

そんな、プライベートに切り込む問いが無意識に出たのは。

ハッとして、発言を取り下げようとしたけれど、松浦さんが答える方が早かった。

『見に来る？　友里ちゃんならいいよ』

これまた、下心なんてちっとも覗かない笑顔で言われたら、変に意識して断る方がおかしく思え、戸惑いながらも頷いた。

松浦さんが強引なことをしないのは、一緒に過ごした時間のなかでもう知っていた。

そのことも安心材料のひとつとなり、今日の帰りに松浦さんのお部屋にお邪魔する運びとなったのだった。

「おじゃまします……」

『どうせなら夕飯も食べてって』と誘われ、スーパーで食材を買ってから訪れた松浦さんのマンションは、どう見ても頭に〝高級〟の文字がつきそうで、まず外観で圧倒されてしまった。

『単身者向けの間取りで、部屋数も少ないから家賃もそこまで高くないよ』と、松浦さんは説明していたけれど、普通のアパートとはやっぱり違う。エントランスも集合ポストも、エレベーター内も、シンプルだけど洗練されている印象で、とても綺麗だった。

そして案内された六階の角部屋。まず、カードキーに驚いてから、なかを見て再度驚く。

松浦さんの言っていた通り、部屋の数は少ないのかもしれない。けれど入った途端、目の前にひとり暮らしには似つかわしくない広い部屋が広がっている。濃いブラウンのフローリングのリビングダイニングは、二十畳近くあるんじゃないだろうか。

奥の四分の一ほどがステップフロアになっていて、そこにアイランドキッチンと背の高い椅子が置いてあった。大容量の冷蔵庫も見える。

手前の広いフロアには、大きな革張りの黒いソファとテレビが距離をとって向かい合うように置いてあり、その間には天板がガラスでできたローテーブル。床には、グレーの地に黒い波のような模様が入ったラグマットが敷いてある。

部屋の隅には、背の高い観葉植物まであり……悔しいけれど、そのオシャレさに松浦さんっぽいなと感じてしまった。いかにもこういう洒落た部屋に住んでいそうなイメージだ。

「どうぞ」と、スリッパを出してくれた松浦さんにお礼を言ってから部屋に上がる。

「綺麗な部屋ですね。女の子のウケもよさそう」

もう、部屋もオトすための道具として使っているんじゃないだろうか。そんな意味で聞くと、前を歩く松浦さんが笑う。

「どうだろ。誰も連れてきたことないからなぁ」

「そういえば、前もそんなようなこと言ってたけど、本当だったんですね」

『信用していない相手なんて普通部屋にはあげないでしょ』

いつだったか、そんなことを言っていたのを思い出す。

「さすがに誰彼構わず連れ込むほど考えなしじゃないよ。自分で言うのもアレだけど、あんな恋愛してるのに部屋なんて教えたら、しょっちゅう修羅場だろうし」

「ああ……なるほど」と納得していると、ソファに座っているように言われる。

「寒くない？　床暖は入ってるけど、まだ寒いようならエアコンつけようか」

コート、スーツの順に脱いだ松浦さんが、それらをバサリとソファの背もたれに置きながら聞くから、首を振った。

「大丈夫です。あったかいです」

「じゃあ、適当にくつろいでて。今、飲み物持ってくるから」

松浦さんは、テレビの電源を入れてからスーパーで買ったものを持ち、冷蔵庫を開ける。そして、要冷蔵のものをしまい終えると、電気ケトルをセットした。

お湯が沸く間に、マグカップやティーバッグなどを準備する動きはとても自然で、普段からキッチンに立っているというのは本当だったのか、と感心する。

一カ月間、接しているうちに気付いたけれど、このひとは嘘をつかない。

だからだろうか。女の子からしたら最低な恋愛しかしない松浦さんを、悪いひとではない、だなんて感じているのは。

私の前に、湯気を立てる紅茶を出してくれた松浦さんは、そのままキッチンに戻りYシャツを肘下までまくる。それから、まな板の上に並べた食材を切り始めた。

スーパーでの話の流れから、夕飯にはベーコンとしめじのクリームパスタを作ってくれることになった。

『それなら、生クリームとベーコンと玉ねぎ……牛乳とコンソメは家にあるからいいとして……』

すぐに頭にレシピが浮かぶ松浦さんに、思わず『すごいですね』と漏らすと、『普通だよ』と呆れたように笑われたけれど、私にその普通はできない。

メインがクリームパスタだから、付け合わせのサラダはさっぱりしたドレッシングの方がいいかな、とか。そういうことを瞬時に考えられるところもすごい。普段からやっている証拠だ。

この容姿で人当たりも柔らかく、さらには料理までできるとなったら無敵だ。なのにどうして恋愛面だけがそんなにクズなんだろう。そもそも、どうしてそんな恋愛観になってしまったんだろう。

ふと、ある噂が頭に浮かぶ。お父さんは一流会社の社長で、松浦さんは御曹司って話だ。なのに、松浦さんはお父さんのいる会社を選ばずにうちの会社に入った。それも、よくよく考えてみると不自然に思えた。

鼻歌でも聞こえてきそうな顔でフライパンを握る松浦さんを眺めながら考える。

『誰にも本気になれないっていうのは本当かな。後腐れなさそうならっていう条件はつくけど、来る者拒まずっていうのも間違ってはいない』

イルカの水槽前で話していたことを思い出す。あの時は、最低だな、とすぐに聞き捨ててしまったけれど……どうして誰にも本気になれないのだろう。本気の想いを拒絶するのだろう。なにかきっかけがあったのだろうか。

いつだったか『〝本気の恋はダメ〟っていう強迫観念も、松浦さんの中にあったりしますか？』と聞いたことがあった。あの時、松浦さんの顔は確かに強張って固まった。

あまり触れてほしくないことなんだとわかったから、それ以上掘り下げなかったけれど……もしかしなくても、松浦さんの中には、あんな恋愛を繰り返す理由があるんだ。たぶん。

「もうできるから」と言う松浦さんに頷きながら、部屋を見渡す。

必要最低限のものしか置かれていない部屋は、確かに綺麗で整理整頓が行き届いている。でも、どこか寂しさみたいなものを感じた。温度がない……とでもいうのだろうか。まるで、誰かの目を気にしたモデルルームみたいだった。

寝室は別にあるんだっけ、と考えているうちに、松浦さんがいろいろと運んできてくれたので、手伝うために立ち上がる。

「あの、もし松浦さんが嫌じゃなければお手伝いしたいんですが……」

キッチンに他人が入ることを嫌がるひとも結構いる。だから、表情をうかがいながら声をかけてみると、松浦さんは「じゃあ、お願いしようかな」と笑顔で答えてくれた。

「シンクの一番右側の引き出しにフォークがあるから、二本持ってきてもらえる？」

「はい」

「あと、シンクの上にある料理ももうできてるから適当に」

「わかりました」

ステップフロアに続く二段の階段を上ると、リビングからは見えなかったシンクが目に入った。今の今まで調理に使っていたはずのそこには、出来上がった料理が残っているだけで、フライパンやザルなどはすでに洗い終わって水切りに置かれている。

料理ができるひとは、調理しながら洗い物や後片付けも済ませてしまうとは聞くけれど……これがそうか、と感動しながら、フォークやサラダなどを運んだ。

ローテーブルの上には、グレーのランチョンマットが敷かれ、そこに、緑色が鮮やかなサラダと、話していた通りのクリームパスタが置かれた。

パスタの上にはパセリとブラックペッパーが振りかけられていて、お店で出てきてもおかしくない仕上がりだ。

「いただきます」

「ん。どうぞ」

手を合わせて言うと、ニコリと笑顔を返される。

斜め前に座った松浦さんが、にこにこしながら見てくるから、食べにくさを感じながらもパスタをひと口食べ……その美味しさに驚く。

「美味しいです……とっても」

口元を手で隠しながら言うと、「よかった」と松浦さんは安心したような顔をしてから自分も食べ始める。

食事を一緒にするのはもう五回を超えるけれど、やっぱりこうしてお部屋で……となるとわずかな緊張感があり、いつもとは違った。

モデルルームみたいに綺麗で生活感すらあまり感じないけれど、それでもここは松浦さんのプライベート空間だ。そこを意識せずにはいられない。

松浦さんは、嘘こそつかないけれど、だからといって、手の内全部を晒すタイプではない。軽い雰囲気を醸し出しているくせに、麻田くんみたいにただ明るく単純というわけでもない。

深みがある……なんて言えば、褒め言葉になりそうで嫌だけど、どこか一筋縄ではいかないような複雑なひとだ。何回目かの食事の時に感じたその印象は、今も変わらない。

そして、私が松浦さんに感じた複雑さが、この綺麗な部屋には詰まっている気がして……そういう部分にそわそわしていた。

松浦さんがいつか話してくれた、脅迫観念という単語が頭に浮かんでいた。

「そういえば、前、アドバイスしてもらった記録の件、部署全体でとりかかってます」

パスタをくるくるとフォークに巻き付けながら話すと、松浦さんは「それならよかった」と微笑む。

「ちなみに、報告書ができたら、どこに出すのがいいと思いますか？」

手を止めて聞くと、松浦さんは「そうだなぁ……」と呟いてから答える。

「コンプライアンス窓口は？　総務とかもなしではないけど、部署間はどこも案外ギスギスしてるから、直接業務に関係していないところが無難な気がする。コンプライアンス窓口なら、俺たちとは抱えている仕事がまったく違うし。付き合いとかで若干の私情はあったとしても、基本的には中立な立場で守秘義務的にもしっかりしてるから、他部署への不満を訴えたところで変な角も立たない」

「よかった。この間、加賀谷さんたちとその話をしてたんですけど、同じ意見でした」

ホッとして胸を撫で下ろしていると、松浦さんはなにかにピクリと反応してから「そうなんだ」と笑顔を浮かべた。

どうしたんだろう。いつも焦ったりしないひとだから、わずかな不審さが目につく。

私が、加賀谷さんの名前を口にしたからだろうか。でも、だとしてもなんでだろう。

不思議に思いながら見ていると、テレビに視線を移した松浦さんは「友里ちゃんのところはセクハラとか大丈夫？」と聞く。

急な話題転換にどうしたのかとテレビを見れば、そこには情報バラエティ番組が映し出されており、画面の右上には『私がされたセクハラパワハラ』というテロップがあった。

「おかげさまで。松浦さんは訴えられたりしたことないんですか？」

「……おかげさまで」

苦笑いで答えた松浦さんに、まぁそうだろうなぁと内心納得しながら食事を進める。

「こういうのって、もともと相手に好意を持ってるか嫌悪感を持ってるかで変わってきますもんね。髪型とかメイクのことで訴えられちゃうひとって、もとから嫌われてたんじゃないかなって」

個人差もあるのだろうけれど、私はそれを、例えば麻田くんや他の社員に聞かれたところでなにも不快には思わない。よく気付いたなとかそれくらいだ。でも、多田部長に言われたら嫌な気持ちになると思う。

デスクに山積みになっている書類には目も通さないくせに、そんなところは見てるのかって。

思ったことをそのまま説明すると、松浦さんは納得したような顔で「確かにね」と相槌を打つ。

「恋人の有無だとか、結婚の話も、同僚としての関係がしっかり築けていれば日常会話として流されるしね」

「結局、日頃の行いがものを言っている感じですかね」

そう結論づけてから、最後のひと口となったパスタを口に入れる。

もぐもぐとよく噛んでから「ご馳走様でした」と手を合わせると、ひと足先に食べ終わっていた松浦さんは「口に合ったみたいでよかった」と言い、立ち上がる。

「友里ちゃんは座ってていいよ」と言われたけれど、甘えてばかりもいられない。

「食器を下げるくらいはさせてください」

本当なら洗い物は私がしたいくらいだけど、他人にキッチンをがちゃがちゃ触られたくないだろうと思い、そこまでの申し出に留める。

食器をシンクまで運び、テーブル前に戻ると、電気ケトルに入ったお湯を持ってきた松浦さんも元いた場所に座る。食器には水を張っただけで、後で洗うようだった。

ティーバッグの入ったガラス製のティーポットにお湯が注がれ、見る見るうちに色が変わっていくのを眺める。これと同じようなことが、今も稼働中の製造ラインの工程で行われているのか……と考えていると、「友里ちゃんはえらいね」と唐突に褒められた。

視線を上げると、こちらを見て微笑む松浦さんがいて、首を傾げる。

「なにがですか？」

「キッチンとか、気を遣って必要以上に入らないようにしてるから。大学の頃、友達の部屋に集まってた時なんかは、よく女の子が〝片付けは任せて〟って感じで我が物顔でキッチンに立ってたりしてさ。部屋の持ち主はそれを気にしてないみたいだったけど、俺だったら嫌だなって思ってた」

ああ、やっぱりそういうのを嫌うタイプか、と納得しながらカップを手に取る。

「私も他人に立ち入られるのは嫌なので、それだけです。それに松浦さんは、他人の作った料理が苦手って言ってましたし、余計に自分の部屋のキッチンなんて触られたくないだろうなと思ったので」

と、そこまで言ったところで、またいつかの松浦さんの発言が思い出される。脅迫観念がどうのというアレが。

こんなに思い出すのは、ここが松浦さんの部屋だからだろうか。いつもなら、関係ないことだしいちいち聞くまでもないと流すことだ。なのに、うっかりそれが声に出たのも、ここが松浦さんのプライベートな場所だからという理由かもしれない。

ふたりきりの特別な雰囲気が、距離感をおかしくさせていた。

「掘り返すようで申し訳ないんですけど」と前置きしてから、松浦さんと目を合わせた。

「前、誰にも本気になれないって言ってましたよね」

会話の中で何度かそんな話をしたけれど、一番最初はあの水槽の前でだった。

水族館での出来事を思い出していると、松浦さんはわずかな間の後で「よく覚えてるね」と笑った。

「初めのうちは、ただただ最低だなって思いが強かったんですけど、最近になって、松浦さんはどうしてそういう恋愛スタイルになったんだろうって考えるようになったんです。私には、どうしても松浦さんが理由もなく軽い恋愛を繰り返しているようには思えなくて」

ジッと見ていると、松浦さんは困ったような笑みを浮かべた。

「やめない？　こんな話聞いてもつまらないよ」

やっぱりなにか理由があるのか。

私をなだめて丸め込もうとしているような顔から目を逸らさずに言う。

「私をオトしたいって思っているなら悪くないと思いますけど。女性全員がそうだとは言いませんけど、男性の弱い部分にキュンとくる女性は少なくないですよ」

松浦さんは、一瞬驚いた顔をした後で複雑そうに「うーん……」と微笑み、それから根負けしたみたいに息をつく。

「本当につまらないって保証するけど、それでも聞きたい？」

「松浦さんが話したくないならいいですけど。つまらないかどうかは、聞いてから私が決めます」

体より数十センチほどうしろに手をついた松浦さんは、そこに体重をかけるような体勢になり「じゃあ、手短に話すけど」と話し始めた。

「うち、俺が一歳だか二歳の頃から父子家庭なんだよ。父親は一流企業のトップで、金銭的には裕福だったし不自由なく育った。父親はあまり家にいなかったけど、家事とかはハウスキーパーがやってくれてたし。でも……子どもだったし、やっぱりどこか寂しさみたいなものはあったのかもしれないって今は思う」

父子家庭という単語に、少し戸惑いながらも黙って聞く。

テレビは、いつの間にか情報バラエティ番組が終わり、五分程度の〝猫旅〟という番組が始まっていた。猫の目線で風景を映すカメラワークは、まるで視聴しているこちらまで猫になったような気分になれる。穏やかなＢＧＭが流れていた。

「父親は仕事第一で俺のことはどうでもよさそうだったし、ハウスキーパーはあくまでも仕事としてしか俺と接しなかった。たぶん、あの頃の俺はそれが寂しくて、だから小学校に上がって、担任の先生が頭撫でて褒めてくれた時に……こう……ね」

「嬉しかったんですね」

なにも恥ずかしいことじゃないのに、松浦さんは言いにくそうに苦笑いでごまかそうとしているから代わりに言う。すると松浦さんは「まぁ……そうかな」と、一応は認め、それから目を伏せた。

「小学校一年生ってさ、学校に慣れさせるためか、なにしても褒められるんだよ。漢字が上手に書けたとか、掃除を率先してやったとか、給食を残さず食べられたとか。いちいち言葉でも褒められるし、学期末に配られる通知表にも書かれてて、それを見るのが楽しみだった」

パッと視線を上げた松浦さんが私と目を合わせ、目を細める。

「あれって、保護者向けのコメントだから、普通に漢字で書かれてるんだけどさ、俺、なにが書かれているのかどうしても知りたかったから漢字辞典でひとつひとつ調べたんだ」

「え……字画でってことですか？」

それは、結構大変な作業じゃないだろうか。しかも一年生でなんて……と驚いていると、松浦さんが自嘲するみたいに笑った。

「そう。今思えば、ハウスキーパーに読んでもらえばよかったんだろうけど、なんか……あの頃の俺は、先生がくれる言葉のひとつひとつが宝物みたいに思えてたから、辞書引いてる時もずっとワクワクしっぱなしだった」

「……お父さんは、通知表見てたんですよね？」

「見てないよ。ハウスキーパーが適当にコメント書いて印鑑押してたから。嫌われたり虐待されてたわけではないけど、俺に興味がなかったんだろ。親戚から聞いた話だと、母親とは結構ドロドロして別れたみたいだから、母親の置き土産みたいな俺とはあまり顔を合わせていたくなかったのかもしれない」

「……そうなんですか」

お父さんが自分に興味がないと、松浦さんがいつ知ったのかはわからない。けれど、そんなことを思いながら一緒に暮らすのは、とても苦しかっただろうなと思う。周りの子みんなが当たり前に注がれている親からの愛情を、松浦さんはもらえなかったのだから。

先生からの愛情が松浦さんにとってはすべてだったなんて……と唇をかみしめた。

ひとり暮らしができている今はまだしも、家にしか居場所がない学生時代、きっと、静かに傷つき続けていたのだろうというのが簡単に想像できて、喉の奥がグッと苦しくなる。

いつか、松浦さんが会社から出てきた時に浮かべていた、疲れ切った横顔が頭をよぎった。周りには見せないあんな顔を、ひとりの時にはしているのだろうか。

こんなに愛想のいいひとが、ひとりで……。

「○とか×だった通知表が、中学高校になって数字に変わったけど、試験でいい点をとれば5がもらえた。俺にとっては、通知表で5が並んでいるのを見るのが最大の喜びだったんだ。わかりやすく、認められてる、褒められてるって思えるから。そこに存在意義を感じていたのかもしれない。○とか5が並んでないと不安でたまらなくなってた」

松浦さんの口元にはずっと笑みが浮かんだままだけど、告げられる内容に、私はとてもじゃないけれど微笑みを浮かべるなんてできなかった。こんなに魅力にあふれて女性の心を離さない松浦さんが、たぶん、自分の価値を数字にしか見出せないでいる。昔も……そして今も。

もらえなかった愛情を、好成績やいい結果でしか埋められないでいる。

そうか……。だから松浦さんは――。

悲しい話だと思うのに、どうしてそんな穏やかな顔で話せるんだろう。

そんな思いで私が見つめる先で、松浦さんは淡々と話す。

「中学に入ってからは試験も本格的になったから、常に学年トップ狙いだった。先生も友達も、一位だと〝すげー〟って褒めてくれるし。部活も、活躍して成績を残せばヒーロー扱い。勉強も部活も結果が目に見えるから、わかりやすかった」

この部屋がこんなにも綺麗で寂しい理由がわかった。松浦さんは知らないんだ。家が、家族がホッとする場所だってことを。だから、昔ハウスキーパーさんが完璧に磨いていたような、モデルルームみたいな部屋しか作れないんだ。無駄があっていいってことを、知らないんだ。

松浦さんがお父さんの会社を選ばなかった理由をじわじわと理解し、目を伏せる。家族と一緒にいて落ち着けるのは、当たり前ではなく幸せなことなんだと思い知る。

三十手前の男が、生い立ちで負った傷をいつまで引きずってるんだと思わないこともない。生い立ちや経験から、みんななにかしら傷なんか負ってるし、苦しいのなんて松浦さんだけじゃない。

だけど、松浦さんが誰かを本気で愛したことがない理由が、少しわかったような気がした。

そんな傷、友達とパーッと騒いで忘れるものだ、とも思うけれど……それを、私もうまくできないから。私も、苦しいんだって誰にも打ち明けられず、傷口が開いたままひとりで歩き続けるしかできないから。

友達とのいざこざや失恋なんていう私の傷よりも、よっぽど深い傷を抱えたまま歩いてきた松浦さんを思い、唇をかみしめた。なんて不器用で弱いひとなんだろう……と、悲しくなってしまって。

未だ、口元には微笑みを浮かべたまま目を伏せている横顔を見つめる。

仕事はあんなに器用にこなして、私にアドバイスまでくれるのに……自分自身のこととなると、なんて不器用なんだろう。

「勘違いだったら申し訳ないですけど」

一分ほどの沈黙の後に言うと、松浦さんが視線を上げて私を見る。

その、優しく、そして悲しい瞳を見つめた。

「松浦さんが誰とも本気で付き合えないのって、長く付き合って一番じゃなくなっていくのが怖いからじゃないですか？」

〝一番〟が松浦さんにとっての安定剤になっているのなら、なによりも恐れるのは一番じゃなくなることだ。

そう思って聞くと、松浦さんは動揺した。目が泳いでいる様子を、珍しいなと思いながら見る。いつだって笑顔の裏に本心を上手に隠しているのに。

「なんとなく、今まで松浦さんと過ごした時間の中で思ったんです。松浦さんは、軽い男を演じてはいますけど、きちんと優しさも厳しさも持っているし、誰かを想えないようなひとじゃないと思うんです。意外と情は深い方なんじゃないかなって」

優しくするのは、私をオトそうとしているのだから当たり前かもしれない。でも、男女の関係だけには収まらない優しさや気遣いを、たくさん感じた。カテゴリーで分けるなら友愛とか博愛とか、そういう、押し付けがましくない自然な優しさをもらった。

そんな感情を持っているひとが、誰かを真剣に想えないはずがない。

「だから、わざと誰も特別に想わないようにしているんじゃないのかなって思ったんです。後で自分が傷つくことを避けて」

誰かを真剣に想って付き合ったとしても、いずれ低くない可能性で別れは訪れる。それは、松浦さんにとって〝一番じゃなくなった〟と大事な相手から告げられているようなもので……きっと、耐えられないと思ったのかもしれない。

だから、誰とも真剣に向き合わなかったんじゃ……と思い見ていると、松浦さんはしばらく真顔のまま黙ってから、目を逸らして笑みを作った。

「どうだろうね」

「松浦さんがどう答えようとどうでもいいですけど。ただ、私はそうだと思ってます」

ごまかすだろうなとは思っていたからすぐに返す。それから「臆病なんですね」とわざとらしく笑うと、松浦さんは納得いかなそうな、やや不貞腐れた笑みを浮かべた。違うとは言い切れないらしい。

いつもは余裕をあふれさせているのに、今は珍しくそれがないようで、黙るしかできない姿がかわいかった。

「もしもこの先、松浦さんが本気で恋をして、そしてそれを失くして傷ついてしまっても」

視線を合わせ、微笑む。

「私は味方でいます。失恋に落ち込んでグチグチ言う松浦さんを慰めながら、時には一緒に相手への文句を言ったりして。松浦さんの気が楽になるまで付き合います。あ、もちろん、松浦さん自身に悪いところがあったならそれも言いますけど」

目を見開きぽかんとした顔をした松浦さんは、珍しく無防備だった。そのままの顔で「……なに？　なんでそんな話……」と呟くから、首を傾げる。

「本気の恋をして傷ついた後……選ばれなかった後。どうすれば立ち直れるのかがわからないのかなと思ったので。だって、一番じゃなくなった後、どうやって気持ちを立て直したらいいのかがわからないから、軽い恋愛ばかり繰り返してるってことでしょう？」

今、聞いた話を要約するとそういうことだ。

女の子を傷つけるような恋愛スタイルと、私が接するうちに出来上がった松浦さんのイメージ像は、微妙に重ならなかった。チグハグさが気持ち悪くて、どうしてだろうと思っていたけれど、今日の話を聞いてそういうことかと納得がいった。

相手の女の子が傷つくかどうかも考える余裕がないくらいに、保身で必死だったんだって。

ジッと見ていると、松浦さんは見るからに嘘だとわかるような苦笑いで「違うけど」なんて言うから、ふふっと笑ってしまう。

「みんな、傷ついたり泣いたりしても、ちゃんと自分で傷を癒して過ごしてきたのに、松浦さんにはそれを経験する機会がなかったんですね。下手にモテるのも考えものですね」

触れずにきたものは、未知だから怖い。それがどんどん大きくなっていってしまったんだろうなぁと考えて、怖がる松浦さんが頭に浮かびおかしくなった。

こんな完璧なのに。仕事だって人付き合いだって上手に上手にこなせるひとなのに。

「松浦さんが傷ついて泣く時は、私がそばにいてあげます」

「……本心は？」

「泣いてる松浦さんとか想像するだけで楽しいです」

「そんなことだろうと思った」

松浦さんは、呆れたような困ったような顔で笑う。

今度の笑みは、なにかをごまかすためのものじゃなくて、本心からのものに見えた。

「そもそも、私だって選ばれなかった経験をしてますけど。松浦さんが作ってくれたパスタ完食するくらい元気ですよ。振られたからって全部がなくなるわけじゃありません。……多少、苦しいけど、そんなのはみんな我慢できてるんだから、松浦さんにだってできますよ」

「半年以上引きずってる友里ちゃんに言われてもなぁ」

「元気に引きずってるんです」

柔らかい表情をする松浦さんにホッとして私も笑みを返すと、なにやら特番が始まったらしく、急にテレビが騒がしくなる。

時計を見れば、もう二十一時だった。だいぶゆっくりしてしまったことと、あっという間に時間が過ぎたことに驚きながら「そろそろ帰りますね」と言うと、松浦さんが立ち上がる。

「送っていくから、少し待ってて」

「大丈夫ですよ。ここ、駅からそう離れていないですし道順も覚えてますから」

「俺が送っていきたいだけだから。そこは友里ちゃんが折れてよ」

そんな言われ方をされたらなにも言えず、口を尖らせて黙る。松浦さんがカップを片付けたり身支度したりするのを待ちながら、なんとなくテレビを見ていると、オオカミが映る。どうやら動物番組みたいだった。

「……これ、松浦さんに似てますね」

絶滅危惧種だという説明が入り、どこでもオオカミは希少なんだなぁと考えていると、カップを片付け終わった松浦さんが、コートを羽織りながらこちらに近づいてくる。

「俺に似てるって、どの俳優……って、これ、動物番組だけど」

「このメキシコオオカミっていうオオカミの目がなんとなく……へぇ、タイリクオオカミの亜種なんですね。ネコ目なのにイヌ科……」

どんどん追加される情報に、なるほど……とぶつぶつ呟いていると、松浦さんが不満そうな声を出す。

「本当に似てる……？　まぁ、捕食獣ってとこは否定しないけど」

「肉食ですもんね」

「でも、肉食っていうなら、加賀谷さんだって……」

「え？」

テレビから視線を移すと、松浦さんは、一瞬ハッとした顔をしてから笑顔になる。

ニッコリとした綺麗すぎる笑みに、どうしたんだろうと思っていると、松浦さんはコートの襟を整え、マフラーを手に取る。

「出られる？　行こうか」

「あ、はい。遅くまでお邪魔してしまってすみませんでした」

私もコートを着て荷物を持ち玄関に向かう。

ドアを開けると、ここに来るまでよりも温度を下げた空気が待ち構えていて、コートを着こんでいるっていうのに体がぶるっと震えてしまう。

十二月の澄んだ夜空に、満月の横をゆっくりと動く光が見える。飛行機なのか人工衛星なのか、それとも別のなにかなのか。眺めているうちに、松浦さんがロックを確認し終えたので、その半歩うしろを歩き出す。

「さっき、言いかけたのってなんですか？　加賀谷さんがどうのって」

名前が出ていただけに気になって聞くと、松浦さんは「んー？」ととぼけたような声を出した後に教えてくれる。

「いや。特になんでもないんだけど。加賀谷さんと最近どうかなと思って」

それだけのことを、どうしてごまかそうとしたんだろう。不思議に思いながらも、私に気を遣ってくれたのかもしれない、とひとり納得して答える。

「別に……どうもないです」

エレベーターで下まで降り、駅に向かう。松浦さんのマンションは大通りに面しているから街灯もたくさんある上、こんな時間でもたくさんの車が行き交っていて、道は明るかった。

立地条件や外観内装の造り、そしてセキュリティ面から見ても、きっと、私の部屋とは家賃が相当違う。さすが御曹司だなと感心する。

「寒いから」

道に出た途端、松浦さんが、持っていたマフラーを私の首にふわりと巻いてくれた。

思わず見上げると、にこりと目を細められ……スマートな行為とその微笑みに、どんな顔を返せばいいのかわからなくなり、顔ごと逸らす。

「友里ちゃん、今日はマフラー忘れたみたいだから、会社出てからずっと首元が寒そうで気になってたんだ」

よく気付いたな、と驚く。

今日は朝バタバタしていたせいで、マフラーは玄関に置いてきてしまった。部屋を出て数分歩いたところで気付いたけれど、戻るのは面倒だった。

「こんなところを、松浦さんに想いを寄せている子に見られたら、私きっとひどい目に遭います」

「もちろん、その時は俺が守るよ」

至近距離から目に毒な笑顔を向けられ、呆れて笑みをこぼした。

「無理ですね。そういう嫌がらせは、徹底して松浦さんの目の届かない場所で行われるものですから」

「女の子の嫉妬は怖いからね」

やれやれといった具合の笑みで言う松浦さんに、ため息を落とす。

「マフラー、ありがとうございます。駅まで行ったら返します」

チャコールグレー単色のマフラーは、すぐに体温に馴染みぬくぬくとして温かい。触り心地から、カシミアだというのがわかった。小物にまで気を使うなんて、ぬかりがない。

うちの会社は香水が禁止されているから、松浦さんもつけていない。それでも、マフラーからはうっすらと松浦さんの香りがした。おそらく、シャンプーだとか洗剤だとか、そういうのが混ざった香りなんだろう。

絶対に口にはしないけれど、下手な香水なんかより、よっぽど落ち着く香りだ。

駅に向かい歩き出しながら、マフラーに顎を埋める。

「さっきの話ですけど。加賀谷さんと私の関係は、いい意味でも悪い意味でも、これから先どうにもならないと思います」

すれ違う、会社員らしき女性がチラッと松浦さんを見たのがわかった。やっぱり、思わず目を奪われるほどの美形なんだなぁと再確認していると、女性の視線なんて気にもしない様子で松浦さんがジッと見てきたので、眉を寄せた。

「……なんですか？」

「友里ちゃんってさ、加賀谷さんのこと話す時、いつも泣きそうな顔して笑ってるって自分で気付いてた？」

自分がその時どんな顔をしているのかなんて、いちいち考えたことがないだけに、そんなことを言われたところでわからない。でも、松浦さんが言うんだからそうなんだろう。

「そうなんですね」

加賀谷さんを想うとどうしても胸が痛いほどにしめ付けられてしまうから、そんな顔をしていてもおかしくはない。

だからそれだけ返すと、松浦さんはしばらく私の横顔を見てからぽそりと言う。

「俺だったらそんな顔させないのに」

たくさんの車の走行音が聞こえるなかで告げられた言葉に、チラッと松浦さんを見上げた。

「それも口説き文句ですか？」

「さぁ。どうだろう」

「さっきあんな話したばかりなのに、まださらっと口説いてくるとか救いようがない……」

「これは軽い気持ちじゃないかもしれないよ」

読めない笑顔を向ける松浦さんを見てから、ひとつ息を落とす。

「とりあえず。私は、加賀谷さんのせいで泣きそうになってるわけじゃありません。全部、自分の感情が原因です。例えば、万が一、私が松浦さんを好きになったとして……やっぱり同じ顔して松浦さんを想うんだと思います」

松浦さんは一瞬目を見開き……そのあとで苦笑いをこぼした。

「たとえ話だって前置きした上ですら〝万が一〟ってつけられた」

「それくらいありえないことだったので」

加賀谷さんを想うと胸が苦しいのは本当だ。今だって、どうしようもなく切なくて心が軋《きし》んでいる。それでも、こうして松浦さんと軽口を交わしているのが楽しくて、胸の痛みはだんだんと消えていくから不思議だ。

ひとは、誰かと話すことがストレス発散に繋がると耳にしたことがあるから、これもその一種なんだろうか。

さっき、〝失恋して傷ついたら〟なんて話を偉そうに松浦さんにしてしまったけれど、私の失恋の傷は、松浦さんと話すうちに癒されているということ……？

「そういえば、この間友里ちゃんが話してた本、おととい本屋で見つけた」

話しかけられ、ハッとして答える。

「ああ、〝松浦くん〟のですね。今、人気みたいですから。買ったんですか？」

「まさか。読後、なんとも言えない気持ちになるのがわかってるし」

「あれ読んで松浦さんも純愛に目覚めればいいのに」

嫌味を込めて言うと、松浦さんはなぜか黙った。どうしたんだろうと横目で窺《うかが》うと、松浦さんがゆっくりとこちらを振り向くところだった。

にこやかな眼差しに熱がこもっているように思え、息を呑む。

「そしたら友里ちゃんに責任取ってもらおうかな」

〝いいですよ〟なんてうっかり口に出そうになったのは、今日が満月だからだ。〝今日も好きじゃないです〟と言い出せなかったのだって、きっとそう。

天文学的な、なにか不思議な力が働いたに違いない。

誰にするでもない言い訳を考えながら、夜空にぽっかりと浮かぶ満月を睨むように見上げる。

最低だったはずの松浦さんを、いつの間にかそんな風には思えなくなっていた。

「あの告白って、まだ有効？」

麻田くんが加賀谷さんの欠勤を教えてきたのは、十二月、第二週の水曜日のことだった。私がデスクにつくなり「加賀谷さん、風邪らしいっすよ」と報告され、思わず「えっ」と声がもれていた。

「連絡あったの？」

「はい。さっき。俺が出たんですけど、部長がまだ出勤してきてないから、代わりに聞いたら風邪だって」

「そうなんだ……」

パソコンを起動させながら、なんとなく、左側にある加賀谷さんのデスクに視線を移す。そこはいつも通り綺麗に片付いていた。部長のデスクとは大違いだ。

「とりあえず、今日は加賀谷さんが担当の会議は入ってないからって言ってました。ただ、もしも急ぎの外線があったら連絡してくれって。電話はいつでも出られるようにしておくそうです」

「……そう」

今の季節、インフルエンザの可能性もあるけれど、きちんと病院に行って調べただろうか。

そんな心配を頭に浮かべてから、いやでも、加賀谷さんはちゃんとした大人だし私に気にされるまでもなく、ひとりでも最善の行動をとっているはずだ、と思い直す。

でも……でも、もしも熱が高くてひとりじゃ動けないとかだったら……いや、だけどタクシーだってあるわけだし。欠勤の連絡だってしてこられたわけだし。

心配する気持ちと大丈夫だという気持ちがいたちごっこみたいに頭の中をぐるぐるする。

「篠原、帰りに寄ってみればいいじゃない。加賀谷さん、困ってたら可哀想だし」

工藤さんに話を振られハッとする。

「え……」

「だから、お見舞い。部署を代表して行ってみれば。加賀谷さんのアパート、確か会社から近かったでしょ」

工藤さんが気を回してくれたんだとわかり、曖昧に「はぁ……」とだけ返事をして考える。

もしも風邪を引いたのが私だったら、きっと職場が同じだけの異性にお見舞いにきてほしいとは思えない。気を遣うし逆に迷惑にさえ思う。よほど体調が悪くない限り、買い出しだって病院帰りとかに自分で行けるし。

それにきっと、加賀谷さんが第二品管のメンバー内で、一番お見舞いに来てほしくないのは私だろう。片想いされている相手になんて、弱っている時に会いたくないと考えるのは普通だ。

いくら普段、あの告白をなかったみたいに接してくれていても、実際にはなかったことになんてできないのだから。お見舞いなんて〝ただの部下〟の私が申し出るのは図々しい。……うん。図々しい。

悲しいけれど。寂しいけれど。今、私にできることは、加賀谷さんが早くよくなるようにこっそり願うことと、加賀谷さんが不在中、仕事を滞りなくしっかりこなすだけだ。

そう頭の中を整理し、気合いを入れ直してマウスを握った。

加賀谷さん欠勤の話題から始まった一日は、なかなかハードだった。

それでもなんとか今日中の仕事の大半を終えた時、電話が鳴った。時間は十六時四十分。定時まで一時間を切っている。

ややこしい話じゃないといいなぁと思いながら外線だということを確認して、受話器をとった。

「はい。こちら……」

『篠原か？　俺、加賀谷だけど』

電話口から突如聞こえてきた加賀谷さんの声に、一瞬声が詰まってしまう。

「あ……は、はいっ。篠原です」

一瞬にして跳ね上がった心拍数を落ち着かせながら、必死に平静を装って声を出す。

加賀谷さんの声を電話越しに聞くのは初めてだった。

電話口から聞こえた加賀谷さんの声が、たったひと言だというのに未だ耳の底に留まりじわじわと溶けていくみたいだった。いつも話しているっていうのに、電話だと全然違う。

私だけに話している感が強くて、心臓が握られたみたいに苦しくなった。痛いくらいに、嬉しい。

工藤さんが席を外していてよかった。見られていたら絶対に後で冷やかされる。

部内には数人の社員がいるけれど、こちらを気にしているひとはいなかった。空調の音と、キーボードを叩く音だけが聞こえるなか、声を潜める。

「加賀谷さん、体調どうですか？　病院には行けましたか？」

『ああ。午前中に行って薬はもらってきた。幸い、インフルじゃなかったからよかったよ』

「そうなんですか……よかった」

うちの会社では、インフルエンザにかかってしまったら、潜伏期間を考慮して熱が下がってから三日以上経たないと出勤できない。そうなってくると、たくさんの仕事を抱えている加賀谷さんにとってはかなり大変だから、とりあえずは普通の風邪でよかった。

けれど、電話口の声は掠れていてツラそうだ。

『一応、今日なにもトラブルがなかったかの確認だけしておきたくて。変わったことなかったか？』

ところどころ、掠れすぎて聞き取りにくい声が痛々しかった。

加賀谷さん、きちんと食べたりできているのかな……と心配しながら答える。

「いえ。第二品管内では特に」

『そうか。ならよかった。悪かったな、仕事の邪魔して』

「いえ！　全然……あの、加賀谷さん」

言おうか。言うまいか。二択を乗せたシーソーが頭の中でグラグラ揺れる。だって言ったところで迷惑にしかならないし……とは思ったけれど、意を決して続く言葉を口にした。

「なにか必要なものとかありませんか？　もし、困っていることがあったらお手伝いしに行きま、す……けど」

緊張のあまり、最後おかしな発音になった。

振った相手にこんな申し出をされたら、うっとうしがられるに決まってる。そんなの百も承知だ。それでも、ひとりで困っているよりはいいと思って言った私に、加賀谷さんは優しい口調で答えた。

『気を遣ってくれてありがとな。とりあえずは足りてるから、篠原の気持ちだけもらっておく』

気を遣ってくれたのは、加賀谷さんの方だ。ただの部下の枠を飛び出した発言をした私に、こんな柔らかい断り方をしてくれるのだから。

「わかりました。お大事にしてください」

『ありがとな』という言葉を最後に切られた電話。

もう、回線はとっくに遮断されているっていうのに、なかなか受話器を置くことができなかった。

外に出ると、ビュッと強い風が頬にぶつかり、思わず目をつぶった。ただでさえ寒いのに、加えて今日のこの強風じゃ拷問に近い。マフラーを鼻まで持ち上げて歩き出したところで、こちらに近づいてくる人影に気付いて足を止めた。

「お疲れ様。友里ちゃん」

「お疲れ様です」

待ち伏せしていた松浦さんと挨拶を交わし、歩き出す。もう、並んで歩くことに違和感や抵抗を感じないのだから、慣れって怖い。それどころか、会わない日が続くと、今日あたりは松浦さんが待っていそうだな、とすら思うようになってきている。本当に怖い。

夜空には暑い雲がかかり、星の光を遮っていた。雪にでもならないといいなと思う。積もったりした日には、社員が会社敷地内外の雪かきをしなければならないのだけれど、あの作業はかなり過酷で、去年初体験した翌日には腰がバキバキだった。

麻田くんがしきりに『なんで重機入れないんすかぁ……』とスコップ片手に嘆いていたのが懐かしい。

ちなみにその翌日、待望の重機が入ったけれど、その頃には大半の雪は片付いていて、今さら感がすごかった。

会社の敷地内から出て大通りを歩く。どんよりした空を見上げながら、明日は加賀谷さん出社できるだろうか……と考えていた時、松浦さんが話しかけてきた。

「今日、加賀谷さん休みらしいね」

タイミングのよさに少し驚きながらも頷く。

「よく知ってますね」

「友里ちゃんの部署の子が話してるのが聞こえたから。加賀谷さんは有給で？」

「いえ。風邪です。電話を受けたんですけど、声がかすれていてツラそうでした」

昼間よりも夕方から夜にかけての方が、症状は悪化する。今頃ツラいんだろうなぁと考えながらひとつため息をついていると、そんな私に気付いてか、松浦さんが悲しそうな笑みをこぼした。

「風邪を引いたのが、加賀谷さんじゃなくて俺ならよかった？」

「そんな顔してなに言ってるんですか。考えてるわけないでしょ」

まるで自嘲するような、〝俺なんか〟と声が聞こえてきそうな微笑みを浮かべる松浦さんに、思わず笑ってしまう。自信なんて有り余っているくせに、寂しそうな微笑みで自虐みたいなことを言うから、いつもとのギャップがおかしくなる。

「なら、いいけど」

どこか信じていないような声に、笑いが引っ込む。見れば、松浦さんの横顔には空虚さみたいなものが浮かんだままで、その理由を探して首を傾げた。

これまでの流れを追ってみても、松浦さんがこんな顔になる原因は見当たらない。

そもそも、もしも私が〝風邪を引いたのが松浦さんならよかったのに〟なんて言ったところで、通常運転の松浦さんなら〝ひどいな〟って笑うはずだ。

私と会う前に、なにか嫌なことでもあったのだろうか。それでネガティブになっていたところに……ってことかもしれない。

松浦さんでも落ち込む日があるんだなぁと、そんなところに感心しながら、そっと手を伸ばした。そして、松浦さんのコートの肘部分をくいっと引っ張る。

「松浦さん。今日、予定が空いていたらご飯食べて行きませんか？」

落ち込んだ時には美味しいものがいい、と言っていたのは松浦さんだ。美味しい食事のおかげか、松浦さんに話を聞いてもらったおかげかはわからないけれど、あの時、私は確かに元気をもらったから、そのお返しができたらいい。

そう思い誘うと、松浦さんはわずかに目を見開いたあと、ふっと表情を緩めた。ふわっとした、柔らかい微笑みに〝あれ？〟と違和感を覚える。

このひと、こんなに素直な表情をしていたっけ？

やけに無防備に感じるそれに、思わず息を呑んでいると松浦さんが言う。

「友里ちゃんからの誘いなら喜んで。ご馳走するよ」

ハッとしてから「割り勘じゃないなら行きません」と返すと、松浦さんは苦笑いをこぼす。

「友里ちゃんは本当に男を立ててくれないよね」

クックと喉の奥で笑われ、目を逸らす。すっかりいつもの調子を取り戻した様子の松浦さんに、内心ホッとしていた。寂しそうじゃなくなってよかった。

「松浦さんを立てないだけです。後でなにか言われても困るので。ご飯、和食でいいですか？　あっさりしたものが食べたい気分なんですけど、松浦さんは？」

横目で窺うと、松浦さんはにこやかな顔で「よし。和食にしよう」と言ってから、視線を宙に泳がせる。

「どこか行きたい店ある？　和食だと、駅の向こうに何軒か……」

「初めての時に連れて行ってくれたお店がいいです。あのお店、料理がとても美味しかったので……いいですか？」

「もちろん。あの店は俺も気に入ってるし。前は友里ちゃん、キウイサワー飲んでたけど、季節のサワー、新しいのが出てるかもね」

「……よく覚えてますね」

自分が頼んだメニューならまだしも、相手がなにを頼んだかなんてそんなに覚えているものだろうか。そういう記憶力のよさも、いろんな女の子相手に発揮してきたんだろうな、と考え……なぜかため息が漏れた時、バッグの中で携帯が震えた。

「あ、電話……松浦さん、ちょっと待ってもらっていいですか？」

着信を知らせるバイブレーションだ。松浦さんと一緒に、歩道の端に寄り携帯を確認して目を疑った。表示されている名前が加賀谷さんだったから。

一瞬、激しく動転しながらも、携帯から手に伝わってくる振動にハッとして電話に出る。

「はい。篠原です」

『急にごめん。加賀谷だけど……』

「はい。……どうかしましたか？」

携帯の番号は、いつでも連絡がとれるようにメンバー全員知っている。けれど、こんな風に電話がかかってきたのは初めてだった。

たくさんのひとが行き交う、ざわざわとうるさい歩道。車の走行音もひっきりなしに聞こえてくるから、携帯を当てていない方の耳を手で覆いながら返事を待つ。

わざわざ携帯にかけてくるなんて、急用だ。もしかして、会社でトラブルでもあったのだろうか。部長から加賀谷さんに連絡がいって、それで私に——。

可能性が高いものから順に考えていると、『いや、こんなこと頼むの、申し訳ないんだけど』と前置きした上で言われる。

『頭痛がひどくて、どうにもならないんだ。本当に悪いんだけど、まだ電車に乗ってなかったら鎮痛剤を買ってきてもらえるか頼もうかと……』

「行きます。全然、大丈夫です。鎮痛剤だけでいいですか？」

加賀谷さんが言い切る前に即答すると、少しの間の後、電話の向こうからわずかな笑い声が聞こえた。その声すらも弱々しくて、いても立ってもいられない気持ちになる。

『ああ。悪い』

「いえ。安静にして待っててください」

念のため、病院から処方された薬の名前を聞いてから電話を切り、携帯をバッグにしまう。問題ないとは思うけれど、一応、薬剤師さんに飲み合わせを聞こう。

加賀谷さんのアパートは会社から近く、徒歩十分程度の場所にある。以前、第二品管のメンバーで集まったことがあるから、道順も覚えていた。

薬局を経由した加賀谷さんの部屋までのルートを頭の中で考え、まとまったところで松浦さんを見上げる。すぐにぶつかった視線に、ずっと見られていたのかな、と少し驚きながらも口を開いた。

「松浦さん。すみません。加賀谷さんに薬を届けることになったので、食事の約束はまた今度でもいいですか? ドタキャンのお詫びに私が奢りますから、あとで都合のいい日を教えてください」

ついさっき約束したばかりだとは言え、勝手な都合で一方的にキャンセルすることに罪悪感を覚え、謝る。

なにも答えない松浦さんを不思議に思いながらも、早く薬を買って届けないと……と、バッグを肩にかけ直した。

「じゃあ、行きますね。松浦さん、本当にすみませ――」

踵《きびす》を返しながら言い、一歩踏み出そうとしたけれど、強い力で止められる。見れば、松浦さんが私の腕を掴んでいて……重なった視線に言葉をなくした。

真面目な瞳に、眼差しに込められた熱量に、時間でも止められたみたいだった。

無意識に声が漏れると、すぐに「行かないでほしい」と念を押される。

「えっと……」

「え……」

「行くなよ」

行かないでほしいって……なんで？

そんなにあのお店に行くことを楽しみにしていたのかな、とか。ドタキャンが許せないのかな、とか。私がいろんな理由を巡らせている間も、松浦さんは真剣な眼差しを私に向けていた。

掴まれたままの腕が、じわじわと熱くなる。逸らされることなく私を見つめる瞳にこもった想いが、私の足と地面の境界線を徐々になくしていくみたいに、立ちすくんだまま動けなくなる。

触れられた部分から流れてくる熱が、体を侵食していくみたいで……呼吸が震えた。

——なんで……どうして、そんな目で見るの？

頭に自然と疑問が浮かんだ瞬間。一カ月前交わした、イルカの水槽の前での会話が思い出され、ハッとした。

違う。違う。これは、本気じゃない。

ドキドキと弾み始めていた胸に、言い聞かせるように何度も繰り返し、なんとか笑みを浮かべた。

「あやうく騙されるところでした。そういえば、松浦さん、私のこと口説こうとしてましたね」

これは、松浦さんが仕掛けてきた、悪趣味な恋愛ゲームだ。軽い気持ちで口説いているだけ。だから、違う。

ショックを受けたみたいに歪んだ松浦さんの目元も、悲しさを浮かべているように見える瞳も。全部、違う。本当じゃない。松浦さんは本気じゃない。

何度も何度も、しつこいくらいに〝これはゲームだ〟と繰り返したのは、そうでもしなければここから動けそうもなかったからだ。

松浦さんがあんな顔をしたせいだった。

全部がきっと演技なのだから、本当に……悪い男だ。

「お詫びの食事、いつがいいか考えておいてくださいね。じゃあ」

早口でそれだけ言い、決心が鈍らないうちに走り出す。通行人が多い歩道を、ひとを避けながら薬局に向かって走った。

うしろは一度も振り向かなかった。……振り向けなかった。

駅近くにある薬局で買ったのは、鎮痛剤とゼリータイプの栄養補助食品、それとスポーツドリンク。

加賀谷さんから聞いた薬の名前を伝えて、併用可能な鎮痛剤をとお願いすると、対応してくれた薬剤師さんは、私でも知っている有名な薬をすすめてくれた。これなら私も普段飲んでいるし効果も体験済みだ。即効性もあるし、効いてくれるといいなと思いながら、駅からほど近い加賀谷さんのアパートを訪ねた。

築十年が経つという三階建てアパートは、外壁がレンガ調でかわいい。以前、メンバーみんなで訪ねた時に、大家さんもこのアパートに住んでいるんだと加賀谷さんが教えてくれたっけと思い出す。

『大家さんが綺麗好きだから、毎日アパート周りの掃除をしてくれて助かる』と話していた通り、アパート周りも通路も、葉っぱ一枚落ちていなくて綺麗だった。

オレンジ色の照明が照らす通路を、部屋番号を確認しながら進む。一〇六号室。確か、奥から二番目の部屋だった。

電話で教えてもらった部屋番号と昔の記憶が無事一致して、ホッとしながらドアの前に立ちインターホンを押す。すると、少ししてから部屋の中からガタゴトと物音がして鍵、ドアの順で開けられた。

ドアが開かれるにつれ、なかから白い明かりと温かい空気が漏れてくる。ゆっくりと顔を上げるると、すぐに加賀谷さんと目が合った。

黒いスウェット姿の加賀谷さんはおでこに熱さましのシートを貼っていて、その上をセットされていない無造作な髪が半分ほど覆っていた。

完全なオフショットは見たことがなくて、無防備な姿に一瞬胸が跳ねる。

「頭痛、大丈夫ですか? この薬なら加賀谷さんが飲んでいる風邪薬と併用しても問題ないって薬剤師さんが言ってたので大丈夫かと。あの、なにか食べられましたか?一応、ゼリーとスポーツ飲料だけ買ってきたんですけど……」

ビニール袋を差し出しながら言った私を見て、加賀谷さんは、くっと喉の奥で笑う。かすれた笑い声が痛々しいけれど、いったい、なにに笑ったのかがわからずに呆けていると、まだ笑みを残したままの加賀谷さんが言う。

「……いや。ありがとう。とりあえず上がってから話すか」

「あ……すみません」

心配するあまり、矢継ぎ早にいろいろ言ってしまったことを笑われたのか。

それがわかって恥ずかしくなりながら、お言葉に甘えて部屋に上がらせてもらうことにする。なにかお手伝いすることがあれば、迷惑にならない範囲でそれもしたい。

一度振った相手に世話されて嫌だと感じるラインはどのあたりだろう。部屋の片付けや洗濯は出過ぎた真似に思える。おかゆを作ったり、ゴミをまとめたりするのだって、プライベートな部分だから不快かもしれない。

でも、そうなると私が協力できることなんてほとんどないな……と考えながら部屋に入ると、漫画雑誌や数枚の服が床に落ちているのが目に入る。ローテーブルの上には、病院から出された薬が雑に置かれ、その隣には、飲みかけだと思われる水のペットボトルと、テレビとエアコン、ふたつのリモコン。

大きめのワンルームに聞こえるのは、音量の下げられたテレビの音と、加湿器の機械音だけだった。

ベージュ色のフローリングも黒で統一された家具も記憶のままで、なんとなく嬉しくなる。

「はー……」と小さな声で漏らした加賀谷さんがドサッとベッドに腰かけたので、バッグを床に置きながら近づき、膝をつく。

「ツラそうですね。熱はまだ高い感じですか？」

「さっき計ったら八度ちょっとだった。日中は七度台まで下がってたんだけどな。まぁ、熱はそこまでじゃないけど、頭痛がひどいかな」

「そうですか……。買ってきた鎮痛剤、解熱作用もあるのでたぶん、飲むと熱も下がると思いますけど……頭痛が一番ツラいんですよね?」

熱は、体が闘っている証拠だから、そこまでの高熱でなければ無理に下げない方が治りが早いと聞いたことがある。だから、もしも今そこまで頭痛がひどくないなら、鎮痛剤は飲まない方がいいかもしれない。

けれど、加賀谷さんは眉間にシワを寄せ、力ない微笑みで「ああ」と答えた。

「篠原に、こんな面倒なことさせるくらいには」

その表情や声から、頭痛がかなりひどいんだと伝わってくるようだった。いつもはどんなに仕事が忙しくても弱い部分なんて見せずに笑う加賀谷さんが、部下である私の前だっていうのにここまで弱っているのだからよほどだ。解熱作用だとか言っている場合じゃないのかもしれない。

眉も目尻も下がっていて、見るからにかわいそうで母性本能みたいなものをくすぐられる。

ビニール袋から鎮痛剤の箱を取り出した加賀谷さんが錠剤を手のひらに開けるから、ローテーブルの上に倒れている水のペットボトルを渡した。

「悪いな」と掠れた声で言った加賀谷さんが薬と水を飲み込む様子を、ただ眺めていて……でも、加賀谷さんの喉がゴクリと動いたのを見た途端、急に今の状況を理解してしまった。

スウェットの伸びた首元からは、男性らしい喉仏と……その下には鎖骨が見える。しっかりとした幅のある肩は、頭痛と熱がツラいせいか、私よりも速いテンポで上下していた。

なんだか、ものすごく……ものすごく、イケない部分を見てしまった気がしてきて動転する。片想いしているひとの部屋にふたりきりで、しかも加賀谷さんは思いっ切り部屋着でベッドに腰掛けている……という状態が急に恥ずかしくなり、バッと俯《うつむ》く。

弱っている加賀谷さんが、表情も服装も雰囲気もすべてが無防備なせいで、心臓がうるさいくらいに鳴り響いていた。

加賀谷さんは体調がものすごく悪くて、本当は呼びつけたくなかったであろう私なんかに頼みごとするくらいにツラいっていうのに、浮かれた音を弾き出す胸が不謹慎に思えて顔を合わせられない。

「篠原？」

私がずっと俯いて黙ったままだったからか、不思議そうな声で呼ばれる。それでも目を合わせることはできずに、下を向いたまま口早に言う。

「私、帰りますね。ひとりの方が気も体も休まるでしょうし。あの、薬、十分もすれば効いてくるそうなので様子見てください。もし効かなくても、次飲むまでには四時間から六時間間を空ける必要があるそうなので、それを忘れないでくださいね」

薬剤師さんから教えてもらったことをバーッと並べ立ち上がる。

こんな不純なときめきを抱えたまま、いつまでもこの部屋にいるべきじゃないと、加賀谷さんの顔を見ることもせず背中を向けた時……うしろから手を掴まれ驚く。

この部屋にはふたりきりだ。考えるまでもなく、それは加賀谷さんの手で……だから、動揺してしまう。

手の熱さに、体温が三十八度を超えていることを思い出す。意を決してゆっくりと振り向くと、ベッドに座ったまま私を見上げる加賀谷さんがいた。

ぶつかった眼差しは、なおも苦しさを浮かべたままだけど、そこにそれまでとは違う感情が混ざって見えた。

頭の中がパニックのせいで、状況整理ができない。ただ、見つめてくる瞳から目が逸らせずにいると、加賀谷さんの手に力がこもったのがわかった。

握られた手が、熱い。

「今、言うのは違う気がするけど……悪い。うまく感情が制御できない」

そう前置きした加賀谷さんは、真っ直ぐに私を見上げたまま告げる。

「篠原。あの時の告白って、まだ有効？」

なにを聞かれているのかわからなかった。加賀谷さんの言葉を何度か頭の中に反芻して、ようやく意味を理解する。

「え……？　だって……」

〝あの時の告白〟は、ふたりでなかったことにしようと決めたものだ。もちろん、完全にそうするのは無理だけれど、それでも表面上はなかったことにして今までずっと過ごしてきたはずだ。

私の気持ちなんてないものとして、加賀谷さんも……私も、普通の上司と部下としてきちんと振る舞ってきた。

それを……なに？　有効ってどういう意味……？

声を失っている私を見つめる加賀谷さんの瞳は、いつも通り誠実で嘘のない色をしていた。

「あの時は、情けないけどいろいろ精一杯で……正直、篠原の気持ちに応えられる精神状態じゃなかったんだ」

「いえ、私が悪いんです。加賀谷さんが仕事で手いっぱいなのは知っていたのに、状況も考えずにあんな、勢いに任せた告白を……」

そこまで言って言葉に詰まると、加賀谷さんはわずかに表情を緩めた。

「いや。篠原はなにも悪くない。普段から散々助けられてるしな」

助けてくれているのも、部署を支えてくれているのも加賀谷さんの方だ、と私が言うより先に加賀谷さんが口を開く。

「仕事ではもちろん篠原を頼りにしてるけど、プライベートだっていうのに、誰かに頼りたくなって頭に浮かんだのは篠原だった。気が弱ってる時、会いたいと思ったのは篠原だった」

低く掠れた声で、加賀谷さんが続ける。

「上司と部下だし、同じ部署で働く以上、そこに恋愛感情が混ざらない方が自分たちにとっても周りにとってもいい。そう判断して断った。第二品管は今うまく回ってるし、その関係性を変えるのが怖いとも思った」

加賀谷さんがそう考えるのは当然だ。

この数年間、仕事のできない部長に代わって第二品管を必死に支えてきたのは加賀谷さんなんだから。大事に守ってきたものなら、なおさらだ。

「けど……」とひと言だけこぼし言い淀んだ加賀谷さんを、ジッと見つめ言葉を待った。加湿器の音が、やけに大きく聞こえる。

「あの時の俺の決断は間違っていたのかもしれないって何度も考えてる。仕事のことを考えれば正しい判断だったはずなのに……時間が経つほど割り切れない想いが出てきた。俺だって篠原のことは特別かわいいと思ってた。篠原が告白してくる前からずっと」

頭痛がツラいのか、眉を寄せた加賀谷さんが言う。

「責任感を持って仕事に臨む真面目な姿勢も、なんだかんだ言っても後輩を見捨てない優しいところも、好感を持って見てた。それはたぶん、ただの部下としてじゃない」

告げられた言葉を、ゆっくりと氷を溶かすようにじわじわと理解する。

重なったままの視線に頬がカッと熱を持つ。きっと、真っ赤になっている私を、加賀谷さんはずっと見つめていた。

つまり……つまりこれは、加賀谷さんも私をってことで――。

加賀谷さんの目が不安そうに歪むのを見て、なにか言わなきゃと慌てて口を開く。

〝あの告白〟はまだ私の中では当然有効だし、私はまだ加賀谷さんが……。

――そう、思ったのに。

『行くなよ』

松浦さんの言葉が、私の声を止めた。

自分でも、なんでこんな場面で松浦さんが頭に浮かぶのかがわからなかった。

けれど、さっきの松浦さんの苦しそうに歪んだ顔や、切羽詰まったような声が思い出されたまま消えようとしない。

そのことに戸惑いながら視線を落とし、未だ繋がれたままの加賀谷さんの手に気付く。

この手は、私がこの先触れることなんてないんだと諦めていた手だ。こうして触れてほしいと思いながらも、それは叶わないと、そんなこと望んじゃダメだと……胸の奥に、奥に、閉じ込めていた。

どうしてもほしくて、諦めるなんてできなくて、何度も強く願った手が、今、目の前に差し出されている。

なのに……なのに、どうして――。

ギリッと奥歯を噛みしめている私に、加賀谷さんは少し笑う。

恐る恐る顔を上げると、自嘲するみたいな笑みが映った。

「……なんて。今さらだよな。悪い。忘れて」

買ってきた薬のお礼を言う加賀谷さんに、こくりと頷く。
加賀谷さんの気持ちが、本当はすごく嬉しいはずなのに。
『行くなよ』
松浦さんの表情や声が頭から消えないせいで、加賀谷さんになにも答えられなかった。

「最低です」

会社を出たところで「篠原」と呼び止められた。見れば、黒いコートにグレーのマフラーを巻いた工藤さんが近づいてくるところで、その装いが一瞬、松浦さんと重なって見えたせいで胸が跳ねる。

思い出してしまったのは、工藤さんの服の配色が松浦さんと似ていたからと、退社するのを待ち伏せするのなんて松浦さんぐらいだからだ、と誰にだかわからない言い訳をしている自分に眉を寄せた。

そういえば、松浦さんが最後に私を待ち伏せたのは加賀谷さんから電話があった日だから、もう一週間前になる。

ドタキャンしてしまったから都合のいい日を……と伝えたはずだけど、あれ以降連絡はない。

……忙しいのだろうか。

あの呑気な笑顔や、やたらと甘ったるく私を呼ぶ声が一週間もそばにないのはなんだか落ち着かない。それを気に入らないとは思うものの、事実である以上、否定する気にもならなかった。

十九時前の空は、今にも雨が降り出しそうなほど分厚い雲に覆われていた。朝見た天気予報では、二十一時から弱雨の予報だったことを思い出す。

「工藤さん、お疲れ様です」

「お疲れ様。駅まで一緒に行こうよ。直帰でしょ？」

「はい。寄り道する予定はないです」

ひと言ふた言交わし、並んで歩き始める。

一瞬、いつも松浦さんが腰かけて待っているベンチが気になったけれど、そこにあの笑顔はなかった。

『友里ちゃん』

話すようになってたった一カ月だっていうのに、耳に残ってしまっている声がわずらわしい。松浦さんが過去遊んできた女の子たちはみんな、こんな症状に襲われていたのだろうか。

本当に性質の悪い男だ。性質だけじゃなくて性格も悪い。想いがないのなら、あんな愛しそうに名前を呼ぶべきじゃない。

「篠原、先週、加賀谷さんのところにお見舞いに行ったんだって？　今日、話の流れで加賀谷さんから聞いて驚いた。篠原からそんな話ちっともなかったから」

「あ、はい。帰りがけに電話があって、鎮痛剤を届けにうかがっただけですけど」

それだけですよ、というニュアンスで報告すると、工藤さんは納得いかなそうにわずかに眉を寄せた。

大通りに出ると、どっと人通りが増え、ぶつからないように注意しながら歩く。先月末からポツポツと始まっていた、木に括《くく》りつけられたクリスマスイルミネーションがチカチカとゆっくりとしたテンポで点滅する。

「『だけ』って、ひとりで加賀谷さんの部屋に行ったわけでしょう？　今までの篠原だったらそんなの大事件じゃない。風邪で弱ってる加賀谷さんがかわいかったとか、騒ぎそうなものなのに」

「別に、今までだって騒いでなんか……」

「表面上はね。雰囲気は大騒ぎでしょ」

図星をつかれ、思わず黙る。

確かに、今まで加賀谷さんに顔を近づけられただけで内心大騒ぎだったし、そういう私を工藤さんはずっと見てきている。表情に出した覚えはないけれど、それでも滲み出るなにかがあったってことだろう。

だから、工藤さんの言い分はもっともで……おかしいのは、変わったのは私ということになる。

「変わった……んでしょうか、私」

私の中のなにかが変わったんだろうか。

そういう意味で、独り言のようにこぼすと、工藤さんはそんな私をジッと見た後でひとつ息をつく。

「まぁ、変わっても当然だし、変われたならいい傾向じゃない？　一度振られている相手にずっと想いを寄せているなんてあまりに不毛だし」

「……そうですよね」

私が薬を持って部屋を訪ねた翌日の午後。加賀谷さんはマスク姿で出勤した。ダルさは残っているものの、熱は下がり食欲も戻ってきたからと笑う姿を見て、ホッとすると同時にわずかな気まずさを覚えた。

せっかく加賀谷さんが向けてくれた真面目な言葉に、私はなにも答えることができなかったから。

でも、そんな私を知ってか、加賀谷さんはいつも通りの笑顔で『篠原、薬頼んで悪かったな。助かった』と話しかけてくれた。

それから六日が経つけれど、私がした告白同様、加賀谷さんの言葉もまるでなかったかのように時間は進んでいる。たぶん、私から持ち出さない限り、加賀谷さんはもうあの話題を出さないつもりだろう。

それをわかっていても、あのことを話題にあげられない私は……私の気持ちは、どこを向いているんだろう。

「篠原の心の変化には、松浦さんが関係してるの？」

急に出てきた名前に驚いて「え？」と肩を揺らすと、工藤さんは横目で私の表情をうかがいながら聞く。

「最近、松浦さんと仲がいいらしいから。一緒に歩いているところを見たとか、飲食店からふたりで出てきたとか。少し噂になってる」

飲食店に寄る時は、会社から少し離れたお店にすることが多かった。けれど、松浦さんは平気な顔をして会社前で待ち伏せしていたし、私も慣れてしまってからは並んで歩くことを嫌がらなかったから、噂されても当然だった。

同じ会社っていう繋がりだけの、よく知りもしない社員にどう噂されてもいいけれど、それで仕事がしづらくなるだとか、なにか問題に発展してしまったら面倒だな。

そんなことを考えていると「事実なの？」と聞かれたので、迷った後で頷いた。

工藤さんは、おもしろおかしく噂を広げるようなひとじゃない。

「仲がいいっていうのはアレですけど。まぁ、普通にご飯に行ったりはしてます」

松浦さんは、誰が相手でも私に接するような態度をとる気がするから、私だけが特別仲がいいとは思わない。それに松浦さんは、人当たりのいい笑顔を作っておきながら、案外心の壁は分厚いように感じるし、その重たそうなドアを私に開いてくれているとも思えない。

だから曖昧な答え方になってしまって、工藤さんはそこをついてくるかなぁと身構えていたのだけど。聞かれたのは、違うことだった。

「大丈夫？　松浦さんってあれだけ噂のあるひとだし、篠原とは合わないんじゃない？」

心配してくれているのがわかり、ふっと表情をゆるめる。

これを聞きたくてわざわざ待っていてくれたのかな、と思うと嬉しかった。

「大丈夫です。松浦さん、噂みたいにただひどいひとってわけでもないですから。恋愛に関しては確かにどうかと思いますけど……きちんと他人を気遣えるし、一緒に過ごす時間は結構楽しいですし」

話していると、松浦さんと過ごした時間が自然と頭に浮かんでくる。

最初は毛嫌いしていたし、たまに衝突することもあったけれど、一緒に過ごした時間は楽しいものだった。

それをひとり再確認してから、黙ったままでいる工藤さんに気付き隣を見る。すると、こちらをジッと、粘着質な眼差しで見る工藤さんがいて……たじろぎそうになった。

「へぇ。すっかり仲良くなっちゃって」

「そういうわけじゃ……」

「まぁ、私は篠原が嫌な思いしていないならそれでいいんだけど。相手が話題に事欠かない松浦さんなら、いろいろおもしろそうだし」

意地の悪い笑みを向ける工藤さんに「完全な興味本位ですよね」と眉を寄せると、「当たり前じゃない」と返される。

でも、こうは言っているけれど心配してくれていたのは本当なんだろう。松浦さんと私じゃどう考えたって合わないし、今だって、普通にご飯食べたりできるのが自分自身、不思議なくらいだ。

松浦さんは、私の話によく耳を傾けてくれる。どんなにつまらない話でも、嫌な顔ひとつしないで、優しく相槌を打ってくれる。おおらかだから、割とどんなことにも怒ったりしないし、柔らかい雰囲気は私を否定せず受け入れてくれるようで安心できる。

松浦さんは、こんなかわいげのない私でもそのまま受け止めて笑いかけてくれるから、だから私は一緒にいて楽だったんだ。なにも飾らなくてもよかったから……居心地がよかった。

……だけど。

松浦さんにとって私はただの遊びの対象だ。しかも、一時《いっとき》の。

それを思い出してしまったから、連絡してこない松浦さんに〝ドタキャン分の食事、いつが都合いいですか？〟とメッセージを送ろうとした手が止まった。だって、そもそも松浦さんと私は、友達でもなんでもない。

松浦さんからしたらただの気まぐれでしかなくて、松浦さんがこの一カ月私に向けてくれた言葉や笑顔や優しさは、今まで遊んだ女の子全員に分け隔てなく与えられていたものだ。

そこに特別なんてない。

すっかり忘れていた事実を思い出して、打ち込んだメッセージを送れないまま、携帯片手にしばらく呆然としたのは、ほんの数日前のことだ。

そして、落ち着いた頭で考えた。

これだけ連絡してこないのだから、松浦さんはきっと、私を諦めたんだろう。一カ月構ってみても揺れない私を、もう面倒だと判断したんだろう。純粋に友達になりたかったわけでもないだろうから、その先がないなら……と切り捨てたんだ。

軽い気持ちで口説かれても困る。だからこれでよかったはずなのに、気持ちが晴れないどころか逆に沈んでしまったのは……どうしてなのか。

その答えは私の中にすでにあって、でも認めるのは怖くて……結局、放置したままだ。

「そういえば、明後日の金曜日の忘年会、篠原も出席だったよね？」

駅まであと少し、というところで聞かれ頷く。駅前には大きなクリスマスツリーが飾られていて、その周りをぐるっと囲んでいるベンチには、何組ものカップルが座っていた。

ブルー中心の電飾が綺麗だな、と眺める。

「いつもは飲み会とか結構パスしちゃうから今回くらいは、と思って。確か、お店貸し切るって話でしたけど、規模ってどれくらいなんですかね」

「うちと第一品管と、あと工務って話だけど。特に決まりはないから、暇なひとは部署関係なく来るんじゃない」

例年だったら、忘年会は会社全体で社内の多目的ホールで行う。料理やアルコールの代金は、上限はあるのだろうけれど会社持ちだから、場所が社内ということもあって参加者も多い。

けれど今年は、どうにも都合がつかないということで、いくつかのグループに分かれて居酒屋で行われる運びとなった。会社から出された金額をオーバーしてしまった分を参加者で割り、自己負担となるらしい。

正直、そういった場合、ほとんど飲めない私みたいなのは損しかしないから本当なら欠席したかったけれど、さすがに忘年会と銘打った飲み会を休むのは気が引けた。

第二品管メンバーが全員出席と答えていたのも、私の背中を押した。

「篠原は飲みすぎたりしないから心配いらないだろうけど、一応、気を付けた方がいいかもね」

「そうですね。飲料メーカー社員が、急性アルコール中毒で搬送になんてなったら、後々社内でネタにされそうですし、上から厳重注意間違いなし……」

「そうじゃなくて、こっち」

見ると、工藤さんは真面目な顔でサムズアップする。グッと空に向けて立てられた親指の意味がわからず、しばらく眺めてから……ああ、とひらめいた。

「もしかして、〝男性〟って意味ですか?」

小指を立てると女性って意味だから、もしかして……と思い聞くと、コクコクと頷かれ、呆れて笑みをこぼす。

「今時、中年男性でも親指立てたりしないんじゃないですか……」

「そう? まぁ、とにかく、男性社員の方が多いだろうし気を付けて。篠原って他部署から見たら結構高嶺の花だと思うから、これを機に……とか考えてるひとがいそうって話。じゃあ私、こっちだから」

改札を抜けると、工藤さんは九番ホームに続く階段に向かう。そのうしろ姿に「お疲れ様でした」と挨拶して、私も普段使っているホームに向かった。

ざわざわとうるさいほどの声が混ざる構内。内容までは聞き取れない会話がたくさん飛び交っていて、思わず顔をしかめたくなるのは毎日のことだ。学生が完全にいなくなるような時間帯ならまだましだけれど、十九時半の今はまだ制服姿があちこちに見える。

肩がぶつからないようにと、すれ違うひとを上手に避けながら歩き、もうすぐでホームに続く階段……というところで、声が聞こえた。

「ゆりちゃん、待って」

思わず足を止めて、勢いよく振り返る。

けれど、どんなに探しても松浦さんの姿は見当たらなくて、どうして……と考えていると、私から数メートルほど離れた場所にいる男子高生が「やっと気付いた」と言う。

男子高生の視線が捉えているのは私ではなく、同じ学校の制服を着た女子高生だった。

「ずっと同じ車両だって気付いてた？　ホームからここまで何度も呼んだのに、ゆりちゃん全然気付かないんだもん。悲しかったー」

へらへらと笑う男子高生に、〝ゆりちゃん〟と呼ばれた女子高生は明るい笑みを浮かべ、ふたりで並んで歩いていく。そんな姿を呆然と眺め……一気に沈んでしまった気持ちに気付く。

自分が今、なにを期待して落ち込んだのかなんて、考えるまでもなかった。

「ぼーっと突っ立ってるなよな」

立ち止まったままの私は邪魔だったんだろう。うしろからスーツ姿の男性にぶつかられ、数歩よろけてしまう。おまけに頭にくるような言葉まで言われてムッとするも、確かに悪いのは私だからなにも言い返せない。

気を取り直して階段を上り、ホームにできた列に並び……大きく息をついた。

工藤さんは、私の加賀谷さんへの片想いを不毛だと言ったけれど。いつ生まれていたのかわからないこの想いだって、不毛でしかない。

好きにさせた責任を取る気もないくせに、あんなに全力で好きにさせようとするのだからひどい。

私が〝好き〟だって、〝好きになった〟って伝えたら、そこでおしまいになる関係なんて……ズルい。絶対にズルい。

「最低です。……松浦さん」

もう何度となく本人に告げた言葉は、入ってきた電車の音にかき消され、誰にも拾われることなく地面に落ちた。

本当に……最低だ。

「イタズラしちゃいますよ」

十二月、第三週目の金曜日に行われた忘年会の出席人数は四十人を超えていた。出席者の八割以上が男性社員ということもあってか、会が始まって一時間経った頃には、そこら中酔っ払いだらけという惨状だった。

飲み会独特のテンションに、アルコールを一滴も飲んでいない私は到底ついていけず、やっぱり出席しなければよかったという後悔に襲われていた。

「大体さぁ、最近のスーパーはかわいげがないんだよ。売り込み行ったってこっちが赤字になるような価格でしか買い取らないとか言うし。で、なんとか頼み込んで二円上げてもらって帰ってきたら部長は、『そんな価格で契約してきやがって』みたいに怒るしさぁ……もう俺、どうすりゃあいいんだよって感じで」

小上がりの和室の端っこの席で、隣に座ったよく知らない男性社員の愚痴に適当に相槌を打つ。

本来なら、六畳ほどの和室が四部屋並んでいるらしいけれど、今日は貸切ということで、部屋を仕切る襖《ふすま》は完全に取り払われ、横に長い大部屋となっていた。

並ぶ料理は、和食からホームパーティでよく見るようなメニューまでバラエティに富んでいて、どれも普通に美味しい。

ふたつ向こうのテーブルには、同僚と楽しそうに飲んでいる加賀谷さんの姿がある。第二品管メンバーは同じテーブルにならないような配置で座っていた。

お店に入ると同時に「女性で固まられちゃうと寂しいから」と、勝手な理由で離されてしまった工藤さんはというと、こちらも知らない男性社員に両脇を囲まれながら黙々と食べている。

工藤さんがあまりに無愛想だからか、両脇の男性が若干笑顔を引きつらせている様子を見て、工藤さんは元からこうだから気にしないでいいと教えてあげたくなる。

それにしても。私も、工藤さんに負けず劣らず無表情を貫いているっていうのに……。

「俺、すっげーかわいそうでしょ？　営業なんかさ、結局なにやったって営業先と会社との板挟みになるんだよ」

隣に座る、営業部らしい男性は、笑顔を引きつらせるどころか、話をやめる気もなさそうだ。

私が打った相槌なんて『へぇ』と『そうなんですか』の二種類くらいだ。自分で言うのもおかしいけれど、こんな愛想のない私相手に、よく気持ちがめげないなぁと、ウーロン茶を飲みながら眺めていると、バチッと視線がぶつかった。

途端、にこー！っと眩しいくらいの笑顔を向けられ、そろそろと目を逸らす。

「でも、今日ここ来て普段のストレスも吹っ飛んだわー。第二品管の篠原さんって言ったら、男の間じゃ結構有名なんだよ。かわいいって。そんな子と並んで飲めるなんて俺ラッキーだなぁ」

「……そうなんですか」

「ちょっと態度が悪……じゃなくて、冷た……でもなくて。えっと、なんていうかクールすぎる？みたいなことも聞くけどさ、俺的には全然オッケー。そっけないくらいの方が好き」

だいぶ気を遣ってくれた様子の男性に、何度目かわからない「そうなんですか」を返していると、テーブルの下の手が不意に握られた。

折りたたんだ膝の上に置いていた手を上から握るのは、言うまでもなく隣に座る男性だ。驚いて見ると、意味深に目を細められる。

「あの……」

「いいじゃん。ちょっとくらい。ね」

ちょっともなにもないし、いいわけがない。

名前もよく知らない男性に手を握られているんだから、当然気持ち悪い。けれど、これだけセクハラだのパワハラだのと騒がれているなかで、よく脈がこれっぽっちもない私の手を握ってこられたなぁと、そんなところに感心してしまっていた。

そのせいで、振り払うタイミングを逃した私に、男性が身を寄せる。アルコール独特の匂いがして咄嗟に体を引いたけれど、握られたままの手がそれを止めた。

男性の向こう側に視線を向けてみても、各々盛り上がっていてこちらを気にしている社員はいないようで、嫌な汗が背中に浮かぶ。

急な欠席があったせいで、私の向かいの席は空いている。近場のひとの目線も私には向いていない。こんなにひとがいるのに誰とも目が合わなくて、急に危機感に襲われ息を呑んだ。

端っこに座ったのがまずかったと、今さら後悔しても遅い。

「ってことで、俺は篠原さんのこと、結構本気で好きなんだけど……俺、どう?」

「離れてください。あと、手も離してください」

動揺を悟られないよう、平静を装いきっぱりと告げたというのに、男性は「そういう強気なところもいいよね」なんて笑う。

こんなの、こちらに好意がない以上完全にセクハラだ。

でも、結果的にセクハラだとかそうじゃないとか、そんな話の前に、今をどう切り抜ければいいのかがわからず困惑してしまっていた。社員が集まる飲み会の場で、まさかこんなことをされるなんて考えもしなかった。

「離してください……っ」

「えー、いいじゃん。俺、結構優しい方だよ。篠原さんと合うと思うんだけどなぁ」

男性の手が、私の手から太ももへと移りビクッと肩が跳ねた。

「やめてくださいっ」と睨むのに、男性は私が怒っていることなんてお構いなしに、ニヤニヤとした顔でこちらを見てくる。

これは、完全にアウトだ。

今までは、手を握られたくらいのことであまり騒いでも……という気持ちがあったけれど、ここまできたらそんな遠慮はなにもない。

正直、こんな社員が集まる場所で大声を出すのは気が進まない。このひとの、社内での今後の立場を考えると、声をあげるべきか迷う。けれど、この不快感から逃げ出したいという思いの方が勝った。

気持ち悪い……っ。

周りに気付いてもらうために、大声を出そうと息を吸い込んだ時――。

「谷口さん。セクハラですよ」

松浦さんの声が聞こえた。

背後から伸びてきた手が、私に触れていた男性の手をはがす。その際、松浦さんの顔が私の顔のすぐ横に近づくから、胸が大きく跳ねた。

アルコールのせいで充血した目をした男性が「松浦……？」と首を傾げると、松浦さんは苦笑いを返す。

「無職になりたいわけじゃないでしょ。アルコール入ったから気が大きくなって、なんて言い訳を聞いてくれるほど、うちの上層部は馬鹿じゃないですよ」

なんで……。

会が始まった時にはいなかったはずだ。

いつの間に入店して、いつの間に私の背後に回ったのか、なにもわからなくて混乱していた。

なにもわからないのに……久しぶりに見た松浦さんの姿に舞い上がる感情だけが先行して、胸が苦しいくらいにしめ付けられていた。

男性との話を終えた松浦さんは、驚きながら見上げている私を見て、微笑む。

「友里ちゃん、顔色が悪いよ。少し外の風にあたった方がいい」

肩を抱かれ、やや強引に立ち上がらせられる。

「足元気を付けて」

「……はい」

お店の外に出るまで、松浦さんは私の腕を掴んだままだったから、工藤さんや加賀谷さんからの視線を感じたけれど、気にしていられなかった。

怖くてドクドク鳴っていた鼓動から不穏なものは消えていて、頭の中には、ただ〝なんで〟だとか〝どうして〟という疑問が浮かんでいた。


外に出ると、星が見える澄み切った綺麗な夜空と、容赦ない寒さが私たちを迎えた。

コートを着ていないせいで、ふたりしてぶるっと震えてしまい……それに気付いた松浦さんが楽しそうに笑う。

「ごめん。寒かったね」

久しぶりの……九日ぶりの松浦さんに、胸が寒さのせいじゃなく、きゅううっと縮こまる。未だ笑みを残したまま白い息を吐く松浦さんの横顔をジッと見て、唇を噛んだ。

嬉しい、なんて感じている自分が嫌で悔しくて、だけど、そういう気持ちを逃がせなくて苦しい。

私だけが振り回されていることが、すごく嫌で……なのに、こうして笑顔を向けてくれたってだけで許してしまいそうで、どっちつかずの感情が胸の中で暴れる。そんな私に、松浦さんはいつも通りの微笑みを向けた。

「さっき、大丈夫だった？」

「別に……あんなの、自分でどうにかできましたし」

平静を装った返事は、まったくかわいげがない。それなのに、松浦さんは気にする様子もなく優しく目を細める。

「うん。でも俺が見てられなかったから。友里ちゃんが困ってたら放っておけない」

目を合わせたまま告げられた言葉に、一瞬、激しく動揺してしまい、それを隠すために俯いた。

「なんで……」とこぼれ落ちた声はとても小さいのに、自分のものだとは思えないほど大きな感情を含んでいた。

なんで……これでもかってほど柔らかい微笑みで、そんなことを言うんだろう。一週間、連絡もくれなかったくせに。私のことなんて本気じゃないくせに。私が好きだなんて言い出したら、相手をするのも面倒になって今度こそ離れて行くくせに。

こんな気まぐれは、ズルい。

「友里ちゃん？」と不思議そうに私を呼ぶ松浦さんを、涙の浮かび始めた目で見上げた。

「私のこと、避けてたんじゃないんですか？」

単刀直入に聞くと、松浦さんはわずかに驚いたように私を見た後、苦笑いをこぼす。

〝バレてたか〟と聞こえてきそうな顔に、さっき縮こまった胸がズキンと痛む。

その痛みに、私は否定してほしかったんだと遅れて気付いた。〝避けてなんかないよ〟って、〝仕事が忙しかっただけ〟って言ってほしかったんだって。

前の道を、ひっきりなしにスーツ姿のひとが行き来する。

ショックで目を逸らすことも忘れている私に、松浦さんは自嘲するような笑みを向けた。

「避けてたっていうか……まぁ、結果的にいうと避けてたってことになるかもしれないけど。少し、自分の気持ちを確認する時間が必要だったから、それで」

首のうしろあたりを触りながら説明されたけれど、よくわからなかった。松浦さんが私を避けていたのは事実だというところだけ拾って……やっぱり避けられていたのか、と静かに傷ついた後、ゆっくりと口を開いた。

痛む胸からじわじわとこみ上げてくる涙のせいで、目の奥が熱い。

「なんで……」

「ん？」

「だって、私と友達になるって言ったくせに、私、都合がいい日教えてくださいって言ったのに、なんで……っ」

涙の浮かぶ目で勢いよく言ってから、我に返った。ポカンとしている松浦さんにハッとして、すぐに目を逸らす。

私は今、なにを言おうとしてた……？

松浦さんがいつ誰に構おうと自由だ。松浦さんが私に飽きて離れていくのだって自由。なのに、〝友達になるって言ったくせに、なんで飽きたからって避けるんですか〟なんて、そんな理不尽なことで松浦さんを責めようとしてたの？

松浦さんが連絡をくれなかったことが、私はそんなにショックだったの？

つい感情的になってしまったことが恥ずかしくて、「すみません」と早口に謝り店内に戻る。もとの場所に戻るのが嫌で、工藤さんの隣に席を移してもらってひと息ついた頃、松浦さんが店内に戻ってきた。

背中側にある通路を歩く松浦さんが、私のうしろを通り過ぎ、ふたつ奥のテーブルにつく。

飲み会の最中、何度かそちらから視線を感じた気がしたけれど、一度も目を合わせられなかった。

お酒を、まるで水みたいにガバガバ飲んでも、工藤さんは機嫌がよくも悪くもならず、いつも通りだった。頬が赤くなるわけでも、足元がふらつくわけでも、話に脈略がなくなるわけでもない。本当に通常運転だ。

こうなってくると、もうお酒が強いとかそういう問題じゃないし、いったい、どんな強靭な肝臓を持っているんだろうと、途中からそこばかりが気になってしまった。

飲み会も終盤になってくると眠りこけてしまうひとが出てくるけれど、今回も例外ではなく、見る限り数人が潰れていた。

大人なのに自分の限界もわからず、しかも自力での帰宅ができないほどに飲んでしまうのはいかがなものなんだろうと若干引いてしまうものの、きっと仕事のストレスや疲れもあるのだろうと考えると、ただ単に、だらしないと切り捨てられない。

予算をオーバーした分を徴収してお開きとなり、自力で帰れるひとたちがバラバラとお店を出ていく。

まだ二十二時過ぎだし、どの路線も終電までは余裕がある時間だった。

酔い潰れているひとは、タクシーで送っていく……という流れになり、お店側にタクシーを数台要請したところで誰かが言った。

「松浦も潰れてるんですけど、誰かこいつの家知ってますー?」

見れば、ふたつ隣のテーブルに松浦さんが突っ伏していて、その隣の席を陣取っている女性社員が心配そうに松浦さんの顔を覗き込んでいた。女性が「松浦さん?」と甘く呼びかけても、松浦さんの目は閉じられたままだ。

その光景に少しだけムッとしながらも、松浦さんってお酒弱かったっけ?と考える。

私と一緒の時は、飲めない私に合わせてか、一杯二杯くらいでやめていた。あれってもしかして、合わせていたんじゃなくて、松浦さん自身もあまり強くなかったからだったのかな。

結局〝誰か松浦の住所知ってるか〟の問いかけに、誰も挙手するひとは出てこなくて、場がシンとなる。

「篠原が送っていけばいいじゃない」

工藤さんにこそっと耳打ちされたけれど、首を横に振った。

「きっと、誰か他の男性社員が送っていきますよ」

「やっぱり知ってるんだ。松浦さんの住所」

バッと振り向くと、口の端を吊り上げている工藤さんがいて、嵌《は》められたことに悔しくなりながら口を尖らせる。

「知ってますけど……私は適任じゃありませんから」

へたに名乗り出て注目を浴びるのも嫌だし……それに、松浦さんは私を避けているらしいし。

胸にチリチリとした痛みが走るのを感じながら成り行きを見守っていると、松浦さんの隣に座っている女性社員が、「私が送っていきますよ」と名乗り出る。

「とりあえずタクシーに乗せたら起きるかもしれないし。もしもタクシーの中でも松浦さんが起きなかったら、仕方ないし私の部屋に……」

なんて、大胆なことを提案する女性社員を止めたのは加賀谷さんだった。

「いや。女性の部屋にあげるのはまずいだろ。松浦は酔っているんだし、なにかあってからじゃ遅い。それなら俺の部屋に泊める」

その通りだ。プライベートの飲み会の後なんて誰がお持ち帰りしようと自由だろうけれど、これは会社の忘年会だ。なにか問題があったらまずい。

だから私も、本当は松浦さんの部屋なら知っているけれど、ここは男性社員が送って行った方が自然だと思っていたし、加賀谷さんが連れ帰ってくれるなら、それはそれで心配いらないと黙っていたのだけど……。

「あ、松浦の財布でも漁ってみます？　免許書とか保険証があれば、住所がそこに……」

「――あの」

松浦さんに近づいた男性社員が、なんの躊躇《ちゅうちょ》もなく松浦さんの鞄を開けようと手をかけるから、つい口が出た。

松浦さんは結構繊細だから、よく知りもしないひとに私物を漁られるのも触られるのも嫌だと思ったからだ。住所だって、みんなが知らないのは、松浦さんがあえて教えてこなかったからかもしれないし、ここで無理やり広められてしまうのはかわいそうだし、見過ごせない。

一気に集まった視線に、居心地の悪さを感じながらも口を開く。

「私、松浦さんの部屋知ってます。住所はわからないですが、部屋に行ったことはあるので、タクシーの運転手さんに説明はできるかと。私と方向も一緒なので……私が送りますよ」

こんなことを自白したら、きっと社内で噂されるに違いないとはわかっていた。けれど、工藤さんから聞いた話だと、どうせもう噂は立てられているらしいし、そこにいろいろ足されたところで問題ない。今さらだ。

女性社員の気に入らなそうに歪んだ顔と、男性社員のぽかんとした顔を見てから加賀谷さんに視線を移す。

真っ直ぐな瞳を見つめ返していると、加賀谷さんが「任せて大丈夫なのか？」と念を押すように聞くから頷いた。

「はい。……友人なので。責任を持って送り届けます」

松浦さんの方は、友人と思っているかどうかわからないけれど。だって避けられていたくらいだし。

それでも、住所を広められるよりは私が送った方がいいハズだ。

それに、酔い潰れた松浦さんに文句を言う資格なんてない。

「重……っ」

なんとかタクシーで松浦さんの自宅に到着し、手探りで電気をつけた。寝室のドアを開け、リビングダイニングから漏れてくる明かりを頼りにベッドに松浦さんを寝かせる。

「はー……」とひとり大きな息をつきながら玄関に向かい、内側から施錠すると、ガチャリと鳴った音を合図みたいに部屋がシンとなった。このまま帰った方がいいのかな……とも思ったけれど、鍵をどうしたらいいのかわからないし……と諦めた。

鍵を持って出ていくのも、鍵を置いてかけずに出ていくのも気が引ける。正直、意識のない松浦さんの部屋に居座っているという今の状態も落ち着かないものの、仕方ない。

松浦さんが起きたら、事情を話して帰ろう。

松浦さんは基本的には優しいから、部屋まで送った私を怒るなんてことはしないだろうし。本心ではどう思っていても、冷たい態度はきっととらない。

相変わらず余計なものがない綺麗な部屋を抜け、寝室に足を踏み入れる。リビングから入り込む明かりが、ぼんやりと松浦さんの姿を照らしていた。

リビング同様、綺麗に整頓された寝室には、ベッドと本棚があるだけだった。シングルサイズではない、大きなベッドにスーツのまま仰向けで眠っている松浦さんに近づき、静かにベッドに腰掛けた。

ギシリとベッドが軋んでも起きない松浦さんの寝顔を眺め……ムッと口を突き出し

た。

避けられていたという事実が、時間差で頭にきたからだ。

一カ月以上、あれだけ話して、ご飯を食べて、一緒の時間を過ごしたのに、それ全部が松浦さんにとっては気まぐれでしかなくて、無理だと判断したからってこんなあっさり手を引くなんて、あまりにドライすぎる。動物だって、もっと情を持つ。

けれど……。時間の無駄だからと判断して私を避けていたなら……結局私は、松浦さんにとってそれぐらいの存在にしかならなかったってことだ。

そう考えたら、なんだか急に怒りが消えていく。

そうか。その程度の存在でしかなかったのかと気付いてしまったから。

シンプルな答えが、心臓に刺さる。そこから毒でも漏れ出したように、体に鈍く強い痛みが広がっていく。

「……私は、結構楽しかったんですけど」

誰に聞かせるでもない本音を呟き、松浦さんに手を伸ばす。目にかかった髪が邪魔そうだから、それを指先でそっと払い……そのまま、頬に触れた。

くすぐったかったのか、「……ん」と微かな声を漏らした松浦さんに、ドキッとする。初めて聞いた掠れた声が耳の中で何度もリピートするから、鼓動が速まったまま戻らない。

忙しい心臓がドキドキと響き続ける。

穏やかな寝息を立てる松浦さんと、胸が騒がしい私。

それはまるで、ここ一週間のふたりの温度差みたいで、唇を噛みしめた。

「神経質なくせに。そんな無防備に寝てると、イタズラされちゃいますよ」

こっちは、松浦さんのことで悩んだりドキドキしたりと、上がったり下がったりの急上昇に急降下を繰り返してぐったりだっていうのに、呑気に寝ている松浦さんが恨めしい。

簡単に私を諦めて、日常からもあっさり排除できてしまう松浦さんが……悔しい。ポイって捨てられちゃうような存在でしかなかったことが、悲しい。

――いっそキスでもしてしまおうか。

八つ当たりみたいに思いついた考えを、正しいことか再考するよりも先に体が動いた。

松浦さんを間に挟むように手をつき、真上から見下ろす。それでも目を閉じたままの松浦さんをしばらく眺めた後、ゆっくりと近づき……あと五センチというところで止めた。

衝動に駆られてしまったけれど、いくらなんでもこれは……と気付いたからだ。勝手でひどい松浦さんには、たとえ私にキスされたって怒る権利はないと思うけれど……キスしたところで私が虚しくなるだけだ。

魔がさすってこういうことか。

そんな風に考え、体を起こそうとした時──。

「──なにしようとしてるの？」

グルン、と視界が回ったと思うと同時に、目の前ににこりと笑う松浦さんが現れる。

さっきまで寝てたのに、なんで……っていうか、この体勢……。

完全に形勢逆転されていた。私をベッドに押し倒した状態の松浦さんは、私がさっきそうしていたように、私の顔の両脇に手をつき、微笑んでいた。

その、余裕を浮かべる眼差しを見て、ああそうか……と思う。騙された。

松浦さんは、リビングから漏れる明かりを背中に受けている。それでも、この至近距離ならお互いの表情は見て取れた。

薄暗い寝室で押し倒されている。それをようやくしっかりと実感し、現金な心臓がトクトクと高鳴り出す。

「……寝たふり、ですか？　どこから？」

声が震える。緊張と戸惑いでいっぱいいっぱいになりながらも、それを顔には出さないように問うと、松浦さんは「居酒屋から」と答えた。

「居酒屋……って、最初からじゃないですか」

「まぁね。俺、アルコールはそこそこ強いし、そもそも、たとえ家でも潰れるまでなんか飲まないよ」

すっかり騙されていたくせに、その言い分に、その通りだなぁと納得する。松浦さんが、社員だらけのあの場所で意識を手離すはずがなかったんだ。いつだって他人を警戒しているようなひとなのに……うっかりしていた。

「……ここまで運ぶの、重たかったんですけど」

眉を寄せ訴える。自分よりも大きなひとを運ぶのは大変だった。

「意識があったなら、もっと控えめにぐったりしてください」

松浦さんは「ごめんね」と、わずかに申し訳なさそうに笑い……それから、ジッと私を見つめる。

なんの音もしない静かな部屋。秒針の音がやけに大きく聞こえる。松浦さんの瞳の熱量が急にあふれた気がして、ドッと戸惑いが私を支配した。

私を押し倒した体勢のまま、片手の指の背で頬を撫でられ肩がすくんだ。なおも見つめてくる瞳に、特別な甘さが込められているんじゃないかと錯覚してしまったせいで、顔が熱い。

「友里ちゃんは、なんだかんだ言いながらもドライになりきれないっていうか、優しい部分が出ちゃうから、俺が酔えば、きっとここに来てくれると思ったんだよ。思った通りだった」

「なんで……」

「ふたりきりになりたかったから」

「だから、なんで……」

だって松浦さんは私を避けていたはずだ。なのに、どうして酔ったふりまでして私とここでふたりきりになりたかったのかがわからない。

ジッと見上げている私を見て目を細めた松浦さんが、頬を優しく撫でながら答える。

「あんなかわいい怒り方されたら、たまらない」

「ゲームセットですね」【side.M】

「あんなかわいい怒り方されたら、たまらない」

白くきめ細かい肌を指の背で撫でると、彼女はくすぐったそうにわずかに震える。

その姿をずっと眺めていたい衝動に駆られるのだから、これはもうそういうことなんだろう。

――あの日。友里ちゃんが加賀谷さんからの呼び出しを優先したあの日。ショックだった。

ドタキャンされたからでも、友里ちゃんが加賀谷さんを優先したからでもない。ショックを受けたのは、背中を向けた彼女を止めてしまった自分自身にだった。

損得勘定も駆け引きもなにもなく、ただ行かないでほしいと……気付けば、本能で動き、彼女の腕を掴んでいた。そんな自分の行動が信じられずショックを受けた。

自分以外の男のところに行かせたくないなんて、今まで一度だってなかったことだ。そこまで欲したことなんて、なかった。本気になることを恐れ、今までは意識してセーブできていたのに、本能が勝った瞬間だった。

だから、少し時間が欲しかった。考える時間が。自分の気持ちと……向き合う時間が。

自分の中に生まれた感情を、どこに収めることもできないまま友里ちゃんと向き合っても、きっと困惑してうろたえるだけだ。冷静になれずに傷つける言動をとってしまうことだけは避けたい。

一見冷たい彼女が、本当は優しく繊細だということを俺はもう知っているから。

だから……会いたい想いが募るなか、耐えてきたのに。

『だって、私と友達になるって言ったくせに、私、都合がいい日教えてくださいって言ったのに、なんで……っ』

あんなにかわいく不貞腐れる彼女を前にしたら、もうどうでもよくなってしまった。

〝軽い気持ちだったはずなのに〟

〝そもそも俺が本気で誰かを想うなんてできるのか〟

〝ただの気の迷いなんじゃないのか〟

友里ちゃんに会わなかった九日間、散々考えて、でも答えが見つからなかった。そんな難題のどれもが、彼女を前にしたらどこかへ飛んでいた。

……もう、なんでもいい。俺はこの子が愛しくてたまらない。

組み敷かれたままジッとしている友里ちゃんは、頬を赤く染めながら、睨むように俺を見た。薄暗い部屋。涙の浮かんだ瞳がキラキラと輝いて、とても綺麗で思わず見とれる。

いつだって嘘のないまっすぐな眼差しが心地いい。

「松浦さんは、いつも自分のことばかりで……そういうところ、本気でイライラします」

はっきりと言ってくれる友里ちゃんに、苦笑いを浮かべながら「うん」と返す。

俺が真面目に取り合っていないと感じたのか、友里ちゃんは納得いかなそうに眉を寄せた。

不貞腐れている顔がかわいい。

「松浦さんのせいなんですからね。先週のことだって……本当だったら私、加賀谷さんの言葉に頷いてたのに、松浦さんが『行くなよ』なんて言うから、だから私――」

言い切る前に唇を重ねると、友里ちゃんは目を見開く。視界がぼやけるほどの至近距離からその様子を見て……名残惜しく思いながらもわずかに距離を取る。

「それ、俺のことが好きだって聞こえる」

未だ驚いたままの友里ちゃんに言う。頬を手のひらで包むようにすると、体をびくっと震えさせた彼女は、ようやく我に返ったのか顔を真っ赤にする。けれど、なにも言い返さない。

もう少し気を遣ってほしい、とこちらが思うくらいにはっきりと否定する普段の彼女を知っているだけに、うぬぼれずにはいられなかった。

気持ちを確認せずキスしたのに、怒られない。この無言が嬉しくてたまらない。

「黙ってると、俺のいいようにとるけど。いいの？」

思いのほか、甘ったるい声が出て自分自身で驚く。こんな声が出せたのか……と内心驚いている俺の視線の先で、友里ちゃんは不機嫌そうに眉を寄せていた。

けれど、否定の言葉はいくら待っても聞こえてこないし、俺をジッと見上げる瞳に拒絶の色は浮かんでいない。

本当に俺のいいようにとっていいのか。期待して暴走しそうになる本能を止め、自問自答を繰り返していた時。

「松浦さんがそう思うなら、そうなんじゃないですか」

キッと純粋な眼差しが俺を射貫く。

「好きにしてください」

その言葉が、彼女なりの、精一杯なんだと気付いたらもうダメだった。いつだってセーブできていた本能が、友里ちゃんを前に暴走する。

「好きだ」

唇を重ねる直前で告げると、友里ちゃんは恥ずかしそうに……そして嬉しそうに、わずかにはにかみ目を閉じる。

言葉はなくても、それが彼女が俺を受け入れてくれた証なんだとわかり、嬉しさが胸の奥からクツクツと湧きあがる。ずっと冷たかったそこが、熱を帯び、なんでだか喉の奥が縮こまり息苦しくなった。

別に、この歳になって両想いに憧れがあったわけではない。恋愛に関しては冷めた考え方しか持っていなかったし、いつか誰かを本気で想えたら、なんてことを願ったこともない。

これまでの恋愛観は、自分で最低だなとは思うものの満足はしていた。満たされていなかったわけでもない。

それでも。愛しくてたまらないと思った子に、こんなふうに自分全部を受け入れてもらえるのは……言葉にできないほど嬉しくて、体中が幸福感にあふれていた。

こうしてキスをしてみて気付く。ああ、俺は友里ちゃんにずっとキスしたかったのか、と。その権利が欲しかったのか、と。

権利だとか、感情に任せて好き勝手して傷つけたくないだとか、友里ちゃんに嫌われたくなくてそんな及び腰になっていた時点でもう答えなんか出ていたんだと、今、気付いた。

ただの遊びだなんて、どの口が言ったんだと自分自身で呆れてしまう。

「ごめん、友里ちゃん……好きだ」

声にすればするほど気持ちが膨らむようだった。飽和状態の想いが出口を求め、体の内から俺を急《せ》かす。

触れるだけのキスを繰り返してから、未だぴったりと閉じたままの唇にゆっくりと舌を這わす。優しくゆっくりと進めたい気持ちと、今すぐにすべてを暴きたい気持ちがせめぎ合い、ジリジリと焼けるような熱さを感じていた。

友里ちゃんはわずかに震え、それでも恐る恐る口を開いてくれる。薄く開けられた隙間から舌を差し入れ、ゆっくりとこじあけて深くまで重ねると、彼女の肩がまた少し震えた。

「……んっ」

友里ちゃんの口の端からこぼれる、くぐもった甘い声が耳を溶かすようだった。耳もろとも溶けた理性がドロドロと体の奥に溜まっていく。

いい歳して、夢中になってがっついている自覚はあった。異性を覚えたばかりの学生の頃だって、ここまで切羽詰まったことなんてなかったのに。今まで積み重ねてきた経験がまったく役に立たず、恨めしい。

俺なんかが、こんな綺麗な恋をできる友里ちゃんに触れていいのか。

友里ちゃんを前にしたら自分自身がひどく汚く思え、内心ためらいはあった。けれど、それでも——。

「友里ちゃん……っ、ツラくない？」

途中、何度も聞く俺に、彼女は微笑み首を振った。

汗の浮かぶ額にはりついた髪を指で避けてやると、その手を握られる。そして、そこに唇を寄せる友里ちゃんを見たら、なぜだか涙が浮かびそうになるから、それを隠すように彼女を抱きしめた。

目を覚ますと、すっかりと服を着た友里ちゃんが覗き込んでいて驚く。ガバッと上半身を起こした俺を見て、彼女は、ふふっと笑った。

ベッドの端に腰掛けたままこちらを見て笑う友里ちゃんとは、昨日想いを通わせ体を重ねたはずなのに、なぜか距離を感じる笑顔に思えた。

遮光性の低いカーテン越しに朝日の気配を感じ時計を確認すると、七時を回ったところだった。

覚醒しきらない頭で、こんな風に誰かと朝を迎えるのは初めてかもしれないと考えていた。

「おはようございます。勝手にシャワー借りちゃいました。すみません」

その顔になにか悲しみのような色が混ざっている気がした。

けれど、夢から覚めたばかりの頭は未だ霧がかかったようにぼやっとしたままで、探究するよりも先に思考回路はぷつりと切れる。気のせいか……と片付け、笑顔を向けた。

「いいよ。友里ちゃんなら、この部屋のなにを使っても壊しても気にしない」

「じゃあ、手始めにその高そうな本でも破……」

「あー……ごめん。嘘。できたら故意には壊さないで」

ベッド端に置いてある本棚を見ながら物騒なことを言う友里ちゃんを慌てて止める。

彼女は俺に許可を得てから、並んでいる本に手を伸ばした。

「図鑑ですか？」

表紙を見て聞いた友里ちゃんが、ページをめくる。しっかりとした木製の本棚に並べてあるのは、どれも海の生物の図鑑や画集だ。

暗い水中を漂うミズクラゲのページを眺めながら、友里ちゃんが「こういうの、好きなんですか?」と聞くから頷いた。

穏やかで優しい朝だな、と思う。

「海とか空が昔から好きかな。どれだけ眺めていても飽きないし。なにかで、クラゲには脳がないって知ってからは、特にクラゲを眺めるのが好きになった」

「脳?」

「つまり、喜怒哀楽を感じることがないってこと。楽しいとか、悲しいとかなにも思わない」

ジッと、真っ直ぐな眼差しで俺を見ている友里ちゃんから、目を伏せ「だから」と続ける。

「当然、〝一番じゃないと〟なんてことも考えないし、脳がないから損得勘定だってない。だから……」

「〝いいなぁ〟って……思ったんですか?」

言い淀んでいた先を当てられ、バツの悪さから笑みをこぼし「さぁ」ととぼけると、友里ちゃんは視線を図鑑に落とす。

「なにも感じないのって、幸せなんでしょうか」

ぽつりと呟いた彼女に「どうだろ」と微笑む。

手を伸ばし、ミズクラゲをなぞる指先を捕まえると、友里ちゃんはぴくりと肩を揺らした。

「まぁ、人間の方が優れてるのは言うまでもないし、無い物ねだりなんだろうけどね。クラゲじゃ、先を見越した正しい選択もできないだろうし」

細く綺麗な指をするすると撫でる。なんでもない触れ合いが楽しくて嬉しくて繰り返していると、しつこいとばかりに軽く手を振り払われる。

友里ちゃんは「くすぐったいです」と文句を言ってから、「でも」と続けた。

「人間だって脳があるからって得ばかり選べないですよ。私なんて、わかってて損を選んでますから。本当……こんな悲しいだけなら、ツラいだけなら、脳も感情もいらないって思うけど……でも、これはもう仕方ないんです。ちゃんと受け止めないと」

暗い水中を漂うミズクラゲを見ている友里ちゃんの瞳が、ゆらりと揺れた気がした。和やかだった雰囲気がガラリと色を変え、もの悲しさみたいなものが彼女を覆う。

それは、俺も知っているものだった。

友里ちゃんが加賀谷さんを想う時にまとっていた、綺麗で切ない、あの――。

一気に脳が覚醒する。真水でもかぶった気分だった。

やっぱり、さっき感じたのは気のせいなんかじゃないと思い直し、「友里ちゃん？」と声をかけ、肩に触れようとしたところで、彼女が顔を上げた。

瞳に浮かんでいる涙に……そして、それでも必死に微笑んでいる彼女に息を呑む。

「誰にも本気にならない、でしたよね」

震える声で告げられた言葉の意味がわからなかった。なにも言えずにいる俺に、友里ちゃんが続ける。

「ゲームセットですね」

「……え？」

「私は本気の恋しかできないから、こうなった以上松浦さんにとってはもう、面倒な存在でしかないですよね。せめて、達成感くらいは与えられましたか？」

涙を浮かべながらも綺麗に微笑む友里ちゃんに、すぐには言葉が出てこなかった。

なんでそんなことを言われるのかがわからず面食らっている俺に、にこりと目を細めてから、友里ちゃんはゆっくりと立ち上がり背中を向ける。

スローモーションのようだった。部屋を出て行こうとする彼女の動作ひとつひとつがとてもゆっくりで、手を伸ばせばいつだって止められるのに、腕も足もなにひとつ動かせない。まるで、〝俺〟という器に閉じ込められているみたいだった。

第三者の目を借りて友里ちゃんを見ているようで、文字通り見ることしかできない。

ゲームセットなんて誤解だし、そんな誤解を抱えたまま出て行ってほしくもない。

このまま行かせたらそこで終わりだ。

そこまでわかっているのに声ひとつ出せない俺を、寝室を出て行く手前で友里ちゃんが振り返り微笑む。

「安心してください。つきまとったりしませんから。松浦さんも知ってると思いますけど、私、なにもなかったように演じるの、得意ですから大丈夫です」

そこで一度黙った友里ちゃんがゆっくりと口を開く。

「さよなら」

俺に最後の言葉を告げ、出て行く。間もなくして、玄関が閉まる音が聞こえ、彼女が本当に俺の部屋から出て行ってしまったことを知った。

あまりのショックで動けないまま、〝俺〟という器に閉じ込められたまま、どうしてこんなことになったのかを考える。

でも、その理由はわからなかった。

だって、昨日の夜、気持ちが伝わるように大事に大事に触れたのに。友里ちゃんも、あんなに柔らかく幸せそうに微笑んでくれたのに、どうして。

確かに最初は軽い気持ちだった。だけど、友里ちゃんを知れば知るほどいい子だと思ったしかわいいと思った。そのうちに無碍《むげ》になんてできなくなり、気付けばただ純粋に友里ちゃんに惹かれていた。そんな想いをうっとうしいほどにわかってもらったつもりだった。言葉でも体温でも教えたはずだった。

……なのに。

その、なにひとつ伝わっていなかったと、そういうことか？

「嘘だろ……」

無意識にこぼれた声が、他人の声みたいに耳に届く。

そういえば……と思い出すのは、昨日の彼女の瞳だった。俺をまっすぐに見つめる瞳は、まるで覚悟を決めたみたいに大きな意志を持っていた。

難しい決断をした後みたいに、すっきりとした綺麗な顔をしていた。あれは……こういう意味だったのかと、力なく思う。

俺が本気じゃないと思った上で、俺に抱かれる覚悟をしたと、そういうことだ。

だったらなんで、友里ちゃんは俺に抱かれながらあんなに幸せそうに笑ったんだ。

そう考え……愚問だと自分自身に失笑する。

あの子は、そういう子だ。好きな男の一挙一動で幸せそうにして、ただの風邪を引いたってだけでかわいそうになるくらいに心配する。

本の主人公が同じ名前だったからって、気にしてしまうような、嫌いな俺相手にひどい態度をとったからって翌日待ち伏せてまで謝るような、表情こそそうじゃないだけで、心はとても豊かだ。

声になる言葉は素直じゃないけれど、とても純粋で小さな幸せをしっかり見つけて抱きしめることができる。つまり友里ちゃんは、遊びでいいと覚悟して俺に抱かれたんだ。その上で、あんなに嬉しそうに微笑んでいた。

友里ちゃんの覚悟を思うと、心臓がえぐられているみたいにギリギリと痛むと同時に、疑問が浮かぶ。

——じゃあ、俺は？

誤解させたまま放っておくつもりはない。けれど、俺の恋愛観を知っている彼女が、簡単に俺の釈明を信じてくれるとも思えない。

そもそも、今追いかけて事実を話したところでどうなる？　付き合えたとして……それから？

いつか彼女の一番じゃなくなり、捨てられる日がくるだけじゃないのか。いつか俺の存在自体に、彼女からバツがつけられるだけじゃないのか。

この期に及んで怖気づき身構えるなか思い出されるのは、いつかの友里ちゃんの言葉だった。

『一番じゃなくなった後、どうやって気持ちを立て直したらいいのかがわからないから、ゲームみたいな恋愛ばかり繰り返してるってことでしょう?』

その通りだった。だって、一番以外に自分に価値が見出せない。ずっと、〝一番〟であることで、いい成績を残すことで自分を満たし形成しバランスをとってきたのに、今さらそれをなくされたらどうしていいかわからない。一番じゃない俺を、誰が認めてくれる? 結果あってこそだ。

順位が見えない曖昧な恋愛では、誰の〝一番〟も望まない代わりに、自分も誰かの〝一番〟になることを放棄した。そうすれば心が平和だったから。

だったら、今彼女を追いかけたところで……と、そこまで考えたところでベッドから足を下ろす。

無駄だ。友里ちゃんに気持ちを伝えたところで、いつか彼女は心変わりしてしまうかもしれないし、そうなった時俺はどうすればいいのかわからない。バランスのとり方を知らない。

追いかけないことが、賢い選択だと、正しい、二重マルがもらえる回答だと脳が警告する。

——けれど。

『私は味方でいます』

そう、伝えてくれた彼女が。

『松浦さんがそう思うなら、そうなんじゃないですか』

そんな不器用な告白しかできない彼女が、これから俺が過ごす日々に存在しないなんて、考えたくもなかった。

自分が傷つかずに済む、バランスのとりやすい楽な日々よりも、彼女がいる日々を選んだ。頭ではなく、感情が勝った。

寝室から出て、ソファに置きっぱなしになっていたコートを掴んで玄関に向かう。もどかしい思いで靴を履いている最中にコートを着て、携帯から友里ちゃんの番号を呼び出す。

そして、左耳に携帯をあてたまま玄関を開け、共用通路に出た時。呼び出し音が、二重で聞こえた。

携帯を下ろしても呼び出し音は通路に響いたままで……その音の先を追い、すぐ隣に視線を向ける。俺が開けた玄関ドアに隠れるようにして立っている友里ちゃんは、鳴りっぱなしの携帯をバッグの中にしまうと俺を見上げる。

「遅い。……って、怒ってやりたかったのに。二十秒も経たずに追いかけてこられたら、文句も言えないじゃないですか」

言っている意味がわからず、ただ呆けていると、友里ちゃんは一歩踏み出し、俺と向き合うように立った。

まだ朝の七時半で、朝日だって昇ったばかりだ。冬の張りつめた空気は呼吸するたびに体に入り込み、容赦なく内側から凍えさせる。

寒さが、これが現実だと伝えてくれる。目の前に……彼女がいる。

共用通路にひとの気配はなく、お互いの息遣いまで聞こえてきそうなほど静かだった。

太陽が、俺越しに友里ちゃんを柔らかく照らしている。真っ直ぐな瞳に見上げられ……ああ、友里ちゃんだ、と確認すると同時に肩に入っていた力が抜けて行った。

「いてくれてよかった……」

本音をこぼした俺を、友里ちゃんがジッと見る。

「誰にも本気にならないんでしょ？」

さっきも聞かれた言葉に、今度こそきちんと答える。

「ならないよ。でもそれは、今まではそうだったってだけの話だ」

「本気の想いは、いらないんでしょ?」

「うん。でも、友里ちゃんなら欲しい」

「そんな言葉、信じると思いますか?」

すぐにそう返してきた友里ちゃんは、苦笑いを浮かべて俺を見る。それは彼女の言う通りで、すべては俺が過去にしてきた軽い恋愛のせいだっていうことは痛いくらいにわかっていた。

今度のこれは嘘じゃないと自分自身では納得できるけれど、友里ちゃんは無理だろう。今まで散々本気の想いを拒絶し適当に遊んできた俺を、今度だけは違うんだと言われたところで信じてくれるとは思えない。逆の立場だったら俺だって絶対に信用しない。

それでも。

「それでも、信じてほしい」

諦めたくなかった。どうしたら信じてもらえるかもわからないし、こんなことを願うのは無責任なのかもしれない。けれど、手離したくないのは本心だ。

きっと情けない顔をしているんだろう。もう一度「信じてほしい」と告げた俺を、友里ちゃんは目を見開いて見つめ……それから、ふっと笑った。

「信じてあげてもいいですよ」

「え……」

「で、裏切ってもいいです」

「……裏切る?」

信じてくれるという友里ちゃんに喜びそうになって……でも、最後の言葉が引っ掛かり、それを止めた。

「惚れた弱みってやつです」と自嘲するみたいに笑った友里ちゃんが続ける。

「松浦さんが、一時でも私のこと想ってくれたら……こんな風に必死に追いかけてきてくれたら、裏切られること前提だとしても、信じてみようと思ってここで待ってたんです。松浦さんにとっては、追いかけること自体がすごく大きな一歩なんだって知ってるから」

最後、「まさか二十秒足らずで、Tシャツにコート姿で出てくるとは思いませんでしたけど」と呆れたように笑われ、自分の間抜けな格好を思い出す。やけに寒いはずだ。

「必死だったから。……え、二十秒？　もっと経ってたろ」

放心して考え込んでいたし、少なくとも数分はかかった気でいた。けれど彼女は

「十八秒でしたよ」と答える。

「玄関のドア閉めてから数えてましたから、間違いありません」

嘘だ。だってあれだけ考えて迷ったはずだったのに。

けれど、友里ちゃんが嘘をついているとは思えない。きっと、彼女の数えた時間が正確なんだろう。

ということは、グダグダ考えていた気でいたけれど、それは時間間隔がおかしかっただけで、実際はすぐに追いかけていたと、そういうことか。

「なんだ……そうか」

脳みそなんか置き去りにして体は正直に動いていたのか。それに気付いたらいろいろ馬鹿馬鹿しくなって笑いが込み上げてくる。ひとり、クックと自分自身に笑ってから「友里ちゃんは強いね」と感心する。

冬の太陽の穏やかな日差しを受けながら、キョトンとしている彼女に続ける。

「俺だったら、裏切られてもいいなんて思えない」

やっと言っている意味がわかったという感じで、友里ちゃんは「ああ」となんでも

ない顔をして答えた。

「気持ちの大きさの問題だと思います」

「大きさって……」

今のだとまるで、裏切られてもいいほど俺を好きだと言っているように受け取ってしまい、どんな顔を返せばいいのかわからなくなっていると、彼女は口元に笑みを残したまま目を伏せた。

それから、もう一度俺を見上げ聞く。

「私が、なんでシャワーを勝手に借りたかわかりますか?」

「シャワー?」

そういえば、どうしてだろう。部屋に招いた時、キッチンに勝手に入ることにさえ気を遣って遠慮していた彼女が、そこよりももっとプライベートな空間である風呂場を勝手に使うとは考えにくい。

俺としては、友里ちゃんになら勝手に使ってもらって構わないから気にもかけていなかったけれど……改めて言われると疑問が残った。

理由を考え黙る俺を見て、彼女は目を伏せる。

「松浦さんはきっと、他人にお風呂とか入ってほしくないだろうなって思ったので、わざと入ったんです」

「わざと？」

「はい。追いかけてこなかった時のことを考えて、わざと」

俺が追いかけなかった場合、なんでシャワーを勝手に使っておいた方がいいのか。

それがわからず眉を寄せていると、友里ちゃんは目を伏せたまま微笑んで続ける。

「いつもとは違う配置になっているシャンプーとか、落ちている長い髪とか見て、私のこと思い出せばいいって……〝あの女〟って憎む感情でもいいから、せめて今日くらいは松浦さんの気持ちのなかにいたいって……ちゃんと松浦さんのなかに私の跡を残したくて。せめてもの嫌がらせです」

伏せている彼女の瞳に、見る見るうちに涙が浮かんでいく。それは、彼女の中でなにかが決壊したくらいの勢いだった。あふれた涙がポタポタとコンクリートの床に落ちる。

それでも、それ以上はこぼれないようにと必死に耐えている友里ちゃんを見ていられずに、思わず手を伸ばした時、彼女がバッと勢いよく顔を上げた。

その反動で散った涙が、太陽の光でキラキラ輝く。

「そんなバカなこと考えちゃうくらい、松浦さんが好きなんです。いつの間にか、好きになってました……」

手を伸ばし、彼女の震える肩を抱き寄せる。胸に抱いた友里ちゃんの体は冷え切っていて、心臓を鷲掴みにされたような息苦しさに声が詰まる。

きっと、俺が出てくるまでの二十秒足らずの時間を、もっと長く感じて震えていたのは彼女の方だ。友里ちゃんの気持ちを考えると、愛しさがあふれた。

こんな健気に俺を想ってくれる友里ちゃんになら、いつか裏切られたっていいと思えた。〝いつか〟なんて、そんな不確定な未来を恐れ手を伸ばさないなんてこと、彼女を前にしたらもうできない。

俺は――。

「ごめん。俺も好きだ」

抱きしめた彼女の耳元で告げる。切羽詰まったような声になったけれど、構っていられなかった。

心臓はずっと押さえつけられたように苦しいままで、恋愛感情ひとつでここまで影響が出るのかと驚くほどだった。他のやつらは、こんな大きな感情を何度も失ったりしているのにまだ繰り返すのか……と考えると頭が上がらない思いだった。

友里ちゃんにならいつか裏切られてもいい、なんて考えていたけれど、やっぱり嫌だと考え直す。そんなショックに耐えきれる自信はない。

どうかこのまま友里ちゃんが一生俺を好きでいてくれるようにと願いを込めながらギュウッと抱きしめていると、彼女が俺の背中に手を回した。

「……だと思ってました」

「俺が、友里ちゃんを好きだって気付いてたってこと？」

友里ちゃんは俺の肩に顔を埋めたまま答える。

「だって松浦さん、私に甘すぎるから。でも、勘違いだったらどうしようって不安もあったから、そうじゃなくてよかった……」

最後、消え入りそうに言った友里ちゃんに、どうしようもないほど胸がしめ付けられる。

俺が彼女にできることは、どれくらいあるだろう。今までもらった分、しっかり返せるだろうか。

一番に拘《こだわ》り、欲しがってばかりいた俺が、友里ちゃんになんだって与えたい衝動に駆られるのだから笑ってしまう。でも、それが紛れもない本音だった。

彼女が今までたくさんのものをくれて、満たしてくれた。だから今度は俺が……。

「幸せにする」

告げた後、しばらくしてから「……少し飛びすぎか」と付け足すと、腕の中からクスクスと楽しそうな声が聞こえてきた。

「不束者《ふつつかもの》ですが……って返せばいいですか？」

「いつか、もう一度俺がプロポーズした時にはそう返してくれると嬉しい。断られたらたぶん、ショックで生きていけない」

ふふ、っと柔らかい笑い声を聞きながら続ける。

「その前に、まずは――」

まずは。

一緒に朝ごはんを作って食べようかと誘うと、友里ちゃんは嬉しそうに微笑み頷いた。

「甘やかしてあげる」

「二回連続、社内旅行が水族館と遊園地ってありえない」

うんざりした顔で言う工藤さんのうしろを、ジェットコースターが凄《すさ》まじいスピードで通り過ぎる。相変わらずの走行音に、相変わらずの混雑具合。前回と違うことと言えば、気温くらいだろうか。

前回は十一月で寒かったけれど、今は七月。外にいるだけで溶けそうな気温だった。冬と夏。ジェットコースター以上の高低差がある。

「それにしても。カップル揃って社員旅行に参加とか、篠原、絶対に嫌がりそうなのに」

珍しいものでも見るような目で言われ、よくわかってるなぁと思う。本来だったら、松浦さんも参加する社内行事に一緒に出るなんて絶対に嫌だし、速攻で断っている。……けれど。

「お願いされたんです。松浦さんに」

だから、仕方なくだと説明すると、工藤さんは珍しく口の端を上げる。

「へぇ。お願いされたら言うこと聞いちゃうんだ。ベタ惚れね」

「そういうんじゃないです。ただ……誕生日プレゼントに一緒に社員旅行に行きたいっていうから、それで」

そう。これは松浦さんの誕生日祝いだ。

付き合い始めてからよくよく聞いてみたら、松浦さんは小さな頃から誕生日をきちんと祝われたこともなければ、クリスマスだとかお正月という子どもが喜びそうな行事は全部スルーされてきたらしい。

松浦さんはそれを、本当になんでもないことみたいに話していて……私はなんて返せばいいのかわからなかった。

聞かされた内容が衝撃的すぎて、悲しくなってしまってダメだった。そもそも、クラゲになりたいなんて写真集眺めている時点でダメだ。幸せも喜びもしっかり感じて過ごしてほしい。

だから、というわけでもないのだけど。今までのイベントがそんなだったなら、これからは私が……と柄にもなく思ってしまったのだ。

私だって人並みに、恋人を大事にしたいだとか、いつだって笑っていてほしいという思いはある。だから当然、松浦さんにだって楽しい思いをしてほしいし、誕生日だってきちんと祝いたい。

ふたりじゃ食べきれないくらいのケーキを買ったりして、クラッカーだって用意してみてもいいかもしれない。

そんな風に考えていたのに。プレゼントの希望がないかと尋ねてみたら、返ってきたのがこのお願いだった。

『じゃあ、社員旅行に一緒に行こう』

正直、ものすごく嫌だ。

松浦さんとの関係は、秘密にしているわけではないけれど公言しているわけでもない。とりあえず、今現在、知っているのは工藤さん……そして、加賀谷さんくらいだ。

松浦さんだってああ見えて結構慎重だから、いたずらに言いふらしたりはしていないだろうし、知っているひとはごく少数に限られる。

たぶん、その間に告白してきた社内の女の子にだって〝付き合っているひとがいる〟くらいに留めて私の名前は出していないだろう。直接聞いたわけではないけれど、そうじゃなければ、私の社内生活がこんなに平和なはずがないから確実だ。

おかげさまで、付き合う前となんら変わらない環境で仕事することができている。

「そういえば、尾崎さん、他の部署への異動が決まったんだってね」

工藤さんが名前を出した尾崎さんは、今は精神的に出社できない状態にある、第二品管のメンバーだ。

ずっと加賀谷さんと部長が自宅を訪ねて復帰を目指していたのだけど、尾崎さんの様子から、第二品管に戻すのは危ないと判断したんだろう。他の部署への異動と共に復帰させる、というのが会社が下した決断だ。

尾崎さんも、新しい環境の方が気が楽だろうし、話は前向きに進んでいる。辞めないで済んだのは、加賀谷さん的にもよかったと思う。あれだけ足しげく通っていたのだから、頑張りが報われてよかった。

「松浦さんのことだけど」と切り出される。

「今回の社員旅行で、加賀谷さんに見せつけたかっただけなんじゃない？　篠原があれだけ夢中だったこと、松浦さんも知ってるんでしょう？」

「それはないかと……。まぁ、ああ見えて若干……結構、嫉妬深いところはあるみたいですけど」

先月の週末、外で待ち合わせて出かけようとなった時。待ち合わせ場所で男性に道を聞かれているところを松浦さんに見られ、それから三十分くらい不機嫌だった。ただ道を聞かれただけだと言っても、『あれは下心あったよ』と言って聞かなかった。

バレンタインに、部署の女性社員合同で男性社員にチョコをあげると言った時も、おもしろくなさそうにしていた。

そんなことを言い出したら、松浦さんが誰彼構わず振りまいている愛想の方が問題あるように思えるのだけど……それは伝えていない。

〝愛想がよくて、なんだってなんでもない顔で躱してしまう、外用の松浦さん〟ではない、本当の姿を私には見せてくれているのかなと思うから。

案外子どもっぽい部分も、嫉妬深い部分も、煩わしく思うどころか嬉しいと感じてしまっているのだから私も大概なんだろう。

「で？　その松浦さんは、今日は誰と回ってるの？」

カフェオレのカップに挿したストローで氷をガチャガチャかき混ぜながら聞かれ、首を傾げる。

バスでは一緒だったけれど、ここに着いて外に出た途端、女性社員に囲まれていたから、そこからどうなったかは知らない。私は、工藤さんと一緒に入園してしまったから。

「女性社員と回ってるんじゃないですか？　声かけられてましたし」

「……まぁ、篠原がいいならそれでいいけど。ずっと関係は内緒にしておくつもり？」

わずかに納得いかなそうに眉を寄せた工藤さんに頷く。

「その方が、お互い仕事もしやすいですし」

「でも、その場合、松浦さんは女性社員に言い寄られたりするじゃない。篠原はやきもちとかないの？」

不思議そうに問われ、考える。

加賀谷さんを好きだった時は、尾崎さんにもやきもちを焼いていたわけだし、性格的に恋愛に対して冷めているとか独占欲がないとかいうことはないんだろう。けれどそれは、加賀谷さんがこっちを向いてはくれないことをわかっていたからだ。松浦さんは私の方を向いてくれているわけだし、状況が違う。

もしかしたら私は、自分で思っている以上に松浦さんの気持ちを信頼しきってしまっているのかもしれないなと考え、自嘲するように笑みをこぼした。

あんな、括りつけておかなければいつどこに飛んでいくかもわからない風船みたいなひとをここまで信用してしまったら、きっと裏切られた時は相当ツラい思いをするだろうなと思ったからだ。

……でも。

『信じてあげてもいいですよ』

『で、裏切ってもいいです』

あの時に出た言葉は本心だった。

手に入れた途端に興味を失う松浦さんが、手に入れてもなお、必死になって追いかけてきてくれたなら、その一時だけでも私を想ってくれたなら、それでいいと思った。

松浦さんが勇気を出して手を伸ばしてくれたのだから、私も勇気を出して信じようと決めた。

前から薄々気付いていたけれど、恋愛に関しては、案外激情型みたいだ。

「今は、松浦さんの気持ちを信用しているのであまりやきもちはないです。ああ見えて、結構きちんとしているひとだと思うので」

工藤さんは「ああ、まぁそうよね」となにかに納得したように答える。

「今は付き合いだして半年とかだもん。まだまだお互いに夢中か」

「夢中……」

その言葉は受け入れられずに、苦笑いを漏らす。

「私、これまでは欲しがってばかりだったんですけど。松浦さんには与えたいって思いが強くて。……まぁ、そんな感じです」

結構、胸の内をさらしてしまった気がして、途中で恥ずかしくなり適当にごまかす。

そんな私を工藤さんが「へぇ？」と笑みを浮かべ眺めていた時。

「俺の彼女をいじめないでくれるとありがたいんですけど」

突如声が降ってきて、上を見れば松浦さんが真上から私を見下ろしていた。

「友里ちゃん、これ」

隣の椅子を引いた松浦さんが、透明なプラスチックケースに入った、楕円形のワッフルを手渡してくる。大きく厚いワッフル生地にはいちごやマンゴーに生クリームがごそっと挟まっていて、下にはカスタードも見える。ワッフルにしてはだいぶ豪華だ。

園内に季節限定で出ているワゴンで販売している商品だ。確か、パンフレットにも載っていて、行列ができるほど人気だと書かれていた。

「買ってきてくれたんですか？」

驚きながら受け取ると、松浦さんは「たまたま見かけて、友里ちゃんが好きそうだと思ったから」と笑顔で答える。

片手には炭酸飲料の入った透明なカップを持っていた。

ワッフルを半分に割り、片方を工藤さんに渡す。

「ありがと。松浦さん、いただきます」

「どうぞ」

「ところで、女性社員と回ってたって聞きましたけど」

工藤さんの問いかけに、「ああ」と松浦さんは苦笑いをこぼした。

「最初から断ると面倒そうだったから、適当に付き合って途中で抜けてきた。約束した子がいるからって」

「なんだ。篠原の言う通り本当にそこそこきちんとしてるのね」

「あれ。友里ちゃん、俺の話してたの？」と嬉しそうに聞いてくる松浦さんに「してません」と冷たく返しながらワッフルをひと口食べる。

ふわふわとしながらもしっかりとした生地に、カスタードがよく合っている。フルーツも彩りだけじゃなく、全体的な甘さを酸味で引きしめていて、そのバランスに人気商品なだけあるなぁと感心した。

私より先にワッフルを食べ終えた工藤さんが、同期を見つけ席を立つ。その様子を見ながら最後のひと口を飲み込んだところで、松浦さんに話しかけられる。

「食べ終わった？」

「はい。ありがとうございます。美味しかったです」

「それならよかった。じゃあ、そろそろ行こう」

空になった透明なカップ片手に立ち上がった松浦さんが、私を見て微笑む。

「水族館、一緒に行こうか」

やっぱり、こんな暑い日に考えることはみんな一緒なのか。水族館の中は、夏の日差しから逃げてきたひとであふれていた。

特にイルカやペンギンの水槽の前はとても混み合っていた。残念だけど、順番を待ってまで眺めたいわけでもないので早々に諦め、空いているスペースを探して歩く。

大きな水槽エリアから離れ、小さな水槽がいくつも並ぶエリアに入ると、ひともだいぶ減り、パーソナルスペースの広い私でも落ち着くことができた。

暗い中、なんの水槽だろうと覗くと、そこには小さな熱帯魚が泳いでいた。有名なアニメの主人公にもなったオレンジ色の小さな熱帯魚だ。小さなひれを揺らし泳いでいる様子は見ていてとても微笑ましい。

足元にある細やかな照明と、水槽の中の光だけが照らす館内。やっぱり、これくらい空いている方がゆっくりできるなぁと思いながら水槽を眺める。

チラッと覗き見ると、松浦さんも水槽の中に視線を向けていた。穏やかな微笑みを浮かべている横顔をしばらく眺めてから、私も水槽に視線を移す。

ふたりの間で、自然と繋がった手が揺れていた。

「半年前、この水族館でなにを話したか覚えてますか？」

静かに聞くと、松浦さんの視線がこちらに向いたのが視界の端でわかった。

「友里ちゃん、俺に対してずっと冷たい返事しかしてくれなかったよね」

苦笑いで言われる。

「それは当然かと。いい噂を聞かないひとに話しかけられたら、誰でもああなります」

水槽を眺めたままの私に松浦さんは少し笑い……それから聞く。

「イルカはひとの話を聞いてくれるのかを気にしてたよね。答えはわかった？」

それは、工藤さん相手にした話だ。松浦さんには話していない。驚いて顔を上げた私に、彼がにこりと笑う。その笑顔が意味深だった。

「盗み聞きしてたんですか？」

「話しかけるタイミングを窺ってたら聞こえてきただけだよ」

物は言いようだ。まったく……と思いながら、視線を水槽に戻し口を開く。

「よく覚えてますね、そんな話」

「意外だったから。友里ちゃんは、自分のことなんて話したがらなそうに見えるのに、イルカに話を聞いてほしいのかなって」

理由を聞いて納得する。

確かに、私らしくない発言だったかもしれない。でも、あの頃は……。

「加賀谷さんとのことを、誰かに聞いてほしかったんだろ?」

私の心を読み取ったようなタイミングで聞かれる。隣を見上げると、微笑んで私を見つめる松浦さんがいた。

包み込むような優しい雰囲気に小さく笑みをこぼし、口を開く。

「半年前は、そうですね。イルカが私の苦しい思い全部を聞いてくれたりしないかななんて、どこかで思っていました。でも、今はそんなこと少しも思ってませんけど」

「なんで?」と不思議そうに聞く松浦さんを見上げる。

本当に……半年前、この水族館に来た時には考えてもみなかった自分の心境の変化に、呆れて笑ってしまいそうだ。

「どんなにつまらない話でも、松浦さんが全部聞いてくれるから。意地張ってひとりで抱えなくても大丈夫になったんです」

私の答えが意外だったのか。

言葉をなくしている松浦さんに続ける。

「加賀谷さんとはきちんと話がついてます。だから、もし気にしているなら、心配しなくて大丈夫ですよ。あと、私は一途なので、他の男性に関しても心配しないでください」

眉を寄せ注意すると、松浦さんは「ごめん。気を付けるよ」と苦笑いをこぼす。

「でも、こんなかわいい恋人を持つと気苦労が絶えないんだってこともわかってよ」

「本当、〝どの口が……〟って感じです」

それでも、今まで特別な席に誰かを座らせたことのない松浦さんにとってはいろいろ不安もあるんだろう、と仕方なく許す。

社内では完璧だと噂される松浦さんが、私だけに見せる子どもっぽさは嫌いじゃないし、むしろ大事にしたいと思っている。きっとそれは、松浦さんがずっと本当は誰かに見せたかったのに、誰にも見せられなかった部分だろうから。

「そういえば、ここクラゲが……」と話しかけたところで、後方から近づいてくる知っている声に気付く。

この、キャッキャした高い声は、ここにバスが到着してすぐに松浦さんの手をとった女性社員グループのものだ。

見つかっても面倒だな……と思い、繋いだままだった手を離すと、松浦さんが不満そうに私を見るから、眉を寄せた。

「わざわざ事を荒立てる必要はないでしょ」

「それは同感だけど。せっかくこんなデートっぽい場所にいるのに手も握れないなんて、社員旅行もよし悪しだな」

「松浦さんが一緒に参加したいって言ったくせに。せっかくの誕生日プレゼントなんですから楽しんでくれないと困ります」

話しながら、女性社員の声とは違う方向に歩く。水族館であそこまで大きな声で会話するのはどうだろう……と一瞬考えたけれど、逃げる身からすれば、居場所をいつでも特定できるから助かった。

ゆっくりと歩いているらしい彼女たちから適当な距離を取りながら、館内を見て回っていると、松浦さんが言う。

「楽しいよ。でも、友里ちゃんが今日、俺の部屋に泊まってくれるって言うならもっと楽しいかな」

「……はい？　昨日も泊まりましたけど」

今日の旅行に一緒に向かおうって松浦さんが言うから、事前に準備をして昨日泊まらせてもらった。

泊まりの準備と、今日の旅行の準備。ふたつも準備があって地味に大変だったのに……と思いながら、ジッと松浦さんを見た。

「もしかしなくても、私がどこまで言うこと聞くか試してますよね」

この社員旅行にしても、急な泊まりにしても。松浦さんは私がどこまで要望をのむかを試している節がある。

以前からなんとなく感じていたことを口にすると、松浦さんはバツが悪そうな笑みを浮かべた後で言う。

「んー……試してるっていうよりは、浮かれてるのかも。いつもは嫌がることを俺のために頑張ってくれてる友里ちゃん見ると、愛されてるんだなーって実感するから」

「……私が言うのもあれですけど。松浦さんの恋愛の仕方も相当ひねくれてますよね」

ひねくれていると言えばいいのか、こじらせていると言えばいいのか。

「それは自覚してる。ごめん」と、苦笑いを浮かべる松浦さんに、「いいですよ。泊まります」と言ってから続ける。

「目一杯、甘やかしてあげます」

松浦さんを見上げて、微笑む。

今まで足りなかった分、全部を埋めてやろうと、もう心に決めたから。欲しがるだけじゃなくて、幸せを望むだけじゃなくて、私が幸せにしてあげたいと思ってしまったから。

このひとが隣にいるだけで、私はもう充分満足だって知ってしまったから。

面食らった顔をしている松浦さんに、ふふっと笑う。次第に、驚きから楽しそうな笑みに変わった表情で、松浦さんが言った。

「どうしよう。今、もう、すげー幸せかもしれない」

END

特別書き下ろし番外編

結婚までのカウントダウン

「へぇ。ここが友里ちゃんのご実家か ―」

どこにでもある戸建て住宅を、松浦さんが嬉しそうに見上げる。

築十年の鉄筋建て住宅は、私が中学の頃建てたもので……つまり、目の前にある家は私の実家だった。

一月二日。正午。晴れ。

毎年恒例の日帰り帰省。いつもと違うのは、松浦さんが一緒かどうかという一点だけだ。

どうしてこんなことになったかといえば、時間はクリスマスまで遡る。

外食という手もあったのに、松浦さんの部屋での食事を選んだのは、街中を流れるざわざわした雰囲気が落ち着かないからだ。

でも、お気に入りのお店のケーキも手に入ったし、松浦さんの手料理はお店に負けず美味しいしで、とても満足のいく時間を過ごすことができた。

プレゼントとしてもらった指輪は左手の薬指のサイズだったため、休日しか出番はなさそうだけど、正直に言えば嬉しかったし、私が贈ったコーヒーメーカーもとても喜んでもらえたからよかった。

プレゼントの話をした時、麻田くんには『クリスマスに実用性重視はよくない』と散々言われたけれど、自分の感覚を優先してよかったと思う。

料理が好きな松浦さんは、キッチン周りには拘る。トングひとつ買うにも悩むくらいだ。

そんな松浦さんがコーヒーメーカーだけはとても安価なものを使っているから不思議に思って聞くと、数年前に会社の忘年会のビンゴで当たったものだと言う。

『ちょうどそれまで使ってたやつが壊れたタイミングだったから、次を買うまでのつなぎで使ってただけなんだけど、全然壊れないから買い替え時が難しくて』

そんな話をしていたことを思い出したのが、十月頃。

それから松浦さんの部屋のキッチンに合う色合い、松浦さんが気に入りそうな形のものをネットや店頭で探し回り、やっと見つけたのが、今回プレゼントしたコーヒーメーカーだ。

角の丸い長方形をした黒い本体の上部には、デジタル時計が表示されていて、タイマー設定もできる。見た目がオシャレなだけでなく、ミルの音も小さめな上、ポットはステンレス製で保温できる、という性能も選んだポイントのひとつだった。

夕食後、ケーキを切る際、さっそくそれも使ってみたけれど、おいしいコーヒーが入れられて、松浦さんも『おいしい』と微笑んでくれたので私もとても満足だった。

「友里ちゃんは年末年始はどうする予定？」

弾んでいた呼吸が整ったところで、聞かれる。

声をかけられなければそのまま眠りに入ってしまうところだった。プレゼントを渡すというミッションが無事終えたことで安心したのかもしれない。

「年内は予定ないですけど、年明けは実家に顔を出そうと思ってます。日帰りで」

うつ伏せから横向きに体勢を変え、松浦さんと向き合うように寝転がる。

私は、情事が終わった後そのままでいるのは恥ずかしくてすぐに掛布団を肩までかけるけれど、松浦さんは腰のあたりまで布団から出たままで、目のやりどころに困る。

いくらさっきまで触れ合っていたとしても、照明が絞られていたとしても、それとこれとは別だ。

なにも気にしていない様子の松浦さんは、私の頭を撫でて目を細める。

「松浦さんはどうするんですか？」

ただ、愛しそうに微笑みかけられている時間に耐えきれず聞く。

「んー、俺は特に。帰る家もないし」

〝帰る家がない〟という発言にショックを受け思わず黙ると、それに気づいた松浦さんが笑う。

「ああ、ごめん。そういう意味じゃなくて、俺がひとり暮らしするまで住んでたところって賃貸だったんだよ。で、俺がひとり暮らし始めてから父親も引っ越したから、そもそも〝実家〟ってものがないってだけ。物理的な話」

説明を受け、一応なるほど……とは納得したのだけれど。

いつか聞いた話だと、お父さんとは冷めた関係だと言っていたから、もしも実家が物理的にあったとしても、帰省はしない気がした。

でも……そうか。松浦さんは、お正月、家族のもとには帰らないのか。

「じゃあ、毎年ひとりで過ごしてるんですか？」

頭を優しく撫でる手をそっと掴み、そのまま握る。

掴んだ手を顔の前に持ってきて遊ぶように両手でいじると、松浦さんがくすぐったそうに笑った。

「だいたいはひとりかな。少しは友達と会ったりもするけど、あまり年末年始にアットホームな雰囲気は味わったことない」

そう、視線を伏せ微笑んだ松浦さんが寂しそうに見えたのは、私の勘違いだったのかもしれない。

でも、お正月ひとりで過ごすなんて聞いた上、そんな、捨てられた犬みたいに伏せた目をされてしまったら、もうダメだった。

「……あの」

手を握ったまま意を決して話しかけると、松浦さんが私を見る。

「うん？」

「松浦さんさえよければ、一緒にうちにきますか？」

聞いた直後、松浦さんがあまりに驚いた顔をするから、それを見てハッとする。

ただ、ひとりは可哀相だから一緒に……という軽い気持ちからの発言だったけれど、問題発言だったかもしれないと言ってから気付く。

うちの実家に一緒に行くってことは、両親に松浦さんを会わせることになる。つまり、紹介だ。そんなの、松浦さんからしたら重たいに決まっているし、第一、私だって嫌だ。

だから早々に撤回しようとしたのだけれど。

「あ、やっぱりなんでもありませ……」

「いいの？」

撤回しきる前にそう言われてしまった。

見れば、松浦さんは嬉しそうに笑っていて……続けようと思っていた言葉が出てこなくなる。

「行きたい。友里ちゃんの育った街」

その顔は、数時間前、コーヒーメーカーを箱から開けた時よりもわくわくしていて、やっぱり来なくていいなんて言い出せなくなってしまう。

がっかりさせるのは本望じゃない。

「……普通の街ですよ。この辺よりは少し田舎ですけど」

どっちにしても、まだ一週間も先のことだ。都合が悪くなったり気が変わったりして、話だけで終わる可能性もある。

……それでも、どうしてもこの約束はここでつぶしておきたいと思い「あの、やっぱり……」と言い出したのだけれど、松浦さんが身を起こし、私のおでこに唇を押し当て言葉を止める。

「ダメだよ。もう〝やっぱりなし〟は聞かない」

私を押し倒した体勢になった松浦さんが、上から見下ろして目を細める。

その表情は優しいのに、有無を言わせない笑顔だった。

「……クリスマスなのに願い事が叶わないことってあるんですか？」

最後の手段とばかりにサンタさんの存在を持ち出した私を、松浦さんが楽しそうに笑う。

「俺の願いの方がでかかったってことかな」

「サンタさんってレディーファーストって言葉を知らないんですかね」

「俺はいつでも友里ちゃんを優先するけどね」

ちゅっと、一瞬触れるだけのキスをした松浦さんがわずかに距離を取り微笑む。

「だから友里ちゃんも、今は俺を優先して」

そんな雰囲気じゃなかったのに、松浦さんの眼差しと声色だけで、あっという間に空気に妖しい色がつく。

何度か柔らかくキスされた後、唇を舌でなぞられる。甘い催促にそっと口を開けると、ゆっくりとじらすように松浦さんの舌が入り込んでくる。キスならさっきまで散々していたのに、ただ舌が絡んだだけで気持ちよさに体が震えた。

こういう時いつも思うけれど、松浦さんは私のそういうスイッチの場所を知っているんだと思う。そうでなければ、一晩で何度もそんな気になってしまうのはおかしい。

頬を撫でた手が顎から落ち、鎖骨、肩と体を辿っていく。

ただ撫でるように触っていた手が、次第にそういう意図のある手つきに変わり、思考回路がとろりと溶け出す。

さっき落ち着いたばかりの熱が再び呼び覚まされ、息が上がる。

「ん……っ」

長いキスを終えた松浦さんが、首筋に唇を這わせた頃には、もう帰省のことを心配する余裕なんてなくなっていた。


かわいそうではあるけれど、松浦さんがお正月早々急に会社から呼び出されたりしないかな。お父さんあたりが盲腸になったりしないかな。

帰省ラッシュの渋滞がものすごくて、家までたどり着けなかったりしないかな。

……なんていう希望は見事に砕かれ、松浦さんが運転する車はスムーズに私の実家に到着した。

昨日、車で来ることは両親に伝えてあったため、カーポートの下には一台分の空きスペースがあり、駐車すらスムーズに終わり……そして。

「へぇ。ここが友里ちゃんのご実家かー」

実家を見上げた松浦さんは嬉しそうにそうつぶやいたのだった。

私が育った家の前に本当に松浦さんがいるという事実を目の当たりにし、頭がクラクラしてくる。これから起こることを想像するのは、キャパオーバーになりそうなので放棄することにした。

「……どうぞ。言っておきますけど、普通の家族ですから。あと、両親になにを言われても、特に父と兄になにを言われても気にしないでください。本気にとらないでいいですから」

玄関に手をかけながら言うと、松浦さんはおかしそうに笑う。

「そんなに気にしなくても大丈夫だよ。こんなこと言うのはあれだけど、割と外面はいいいし、世渡りもうまい方だから」

それは充分知っている。

松浦さんは、すぐにその場の雰囲気を読んで自分がどういう立ち位置でいればいいかを察するし、実際にうまくその役をこなせるひとだ。

私が言うのもおかしいけれど、どこに出しても恥ずかしくない。きっとどんな曲者が相手でも、どんなアクシデントが起ころうとも松浦さんはうまいことこなせる。

心配しているのはそこじゃなくて、うちの家族の方だった。

家族を恥ずかしく思ったことなんてなかったのに、松浦さんに紹介するとなるとやけに不安になってしまう。照れくさいというのも大きいのかもしれない。

それでも、ここまできて帰るわけにはいかないと諦め、気を取り直して玄関ドアを開けた。

「ただい……」

「おかえり。友里。遅かったから心配してたんだ。もう少しで電話するところだった」

玄関に仁王立ちしていたのは、八歳上のお兄ちゃんだ。帰省の連絡をすると必ず時間を聞かれ、その時間帯にこうして仁王立ちで待たれるのは毎年のこと。

今年三十一になるっていうのにお正月どこにも出かけず、ただ私を心配するのはどうかと思う。

ちなみにお兄ちゃんは実家から会社に通勤している。お母さん情報によると、一年前に別れて以来、彼女はいないらしい。

「松浦さん。これがうちの兄です」

一歩うしろにいる松浦さんに紹介する。

お兄ちゃんのせいで、まだ私たちは靴も脱げていないけれど、紹介しない限り玄関を塞いだまま動いてくれそうもないので仕方ない。

「初めまして。友里さんと同じ会社に勤めています、松浦といいます。家族団らんの貴重な時間にお邪魔させていただきまして……」

松浦さんが笑顔で挨拶しているっていうのに、失礼なお兄ちゃんはその途中で「ふん」と鼻を鳴らした。

「本当だよ。友里は盆と正月くらいしか帰ってこない上、日帰りでしか来ないから全然話せないのに、なんで部外者が……」

「勇樹。せっかくのお客様に失礼なこと言うのはやめなさい。三十超えた男が、わざわざ来てくださった方に挨拶もできないなんて情けない……。シスコンもいい加減卒業しなさいね。みっともない」

リビングから出てきたお母さんが、うっとうしげにお兄ちゃんを見る。

それから、気を取り直したみたいな笑顔を浮かべ、松浦さんに視線を移した。

「松浦さんですね。初めまして。友里の母です。お待ちしてたのよ。狭い家ですが、どうぞ寛いでいってくださいね」

お母さんの声につられたように、リビングから今度はお父さんまでもが顔を覗かせる。

お盆ぶりだけど、相変わらず元気そうだった。

「松浦くん、来たのか！　友里から連絡もらって待ってたんだ。早くこっちに入りなさい。ちょうど駅伝もいいところだ」

駅伝大好きなお父さんが手招きをする。

その様子にふっと表情を緩めた松浦さんが「おじゃまします」と頭を下げた。


最初の五分程度は、家族と松浦さんが同じ部屋にいるということが落ち着かなくて緊張もしたけれど、一時間弱経った今はもう、そんな気持ちもなくなっていた。

いつもはローテーブルがある部分に出した炬燵を、お父さんと松浦さん、私で囲んでいて、お母さんとお兄ちゃんはダイニングテーブルに座っている。

話題は松浦さんの自己紹介、それを受けた両親からの事情聴取のような質問攻めに移り、今は駅伝だった。松浦さんも駅伝が好きで予選会から見ていたから、お父さんとは話が合うようでホッとする。

「このチームは去年も一昨年もあと一歩のところでシード権逃がしてるからなぁ。いつも予選会でもギリギリで入ってくる感じだし見ていてハラハラするんだよなぁ」

「今年から監督が変わったって話ですし、それがいいように働くといいんですけどね」

「ああ、前の監督は甘ったるいマスクでどうも好きじゃなかったんだ。やっぱりスポーツする男は険しい顔じゃないと気合が入らん」

腕を組んで言い切ったお父さんが、なにかを思い出したようにハッとした顔で松浦さんを見る。

「ああ、甘ったるいマスクがどうの言ったが、松浦くんが嫌いだと言いたかったわけじゃないんだ。気にしないでくれ」

お父さんから見ても、松浦さんは〝甘ったるいマスク〟らしい。そこをおかしく思いこっそり笑っていると、それに気づいた松浦さんが私を見て同じように笑った後で
「大丈夫です。気にしていません」とお父さんを見た。

そんな私たちの様子を眺めていたお父さんの顔が、嬉しそうに、愛しそうにほころんだので、嫌な予感はした。

幸せをかみしめているような表情に、不安を感じていた時……お父さんが口を開いた。

「で？　友里と松浦くんは、いつ結婚するんだ？」

……やっぱりそんなことを考えてにやけていたのか。

お父さんは昔からそうだ。

部活に入ったと聞けば『そうか！　で、試合はいつだ？』と身を乗り出すタイプだ。

そういえば今でも電車で帰ると連絡を入れると、予定時間の三十分前には、お父さんから駅についたとメッセージが届いていたことを思い出す。

うちの最寄り駅まで迎えに来てくれるのはありがたいのだけれど、三十分も待たれたら気を遣うからやめてほしいと伝えても、一向に三十分前行動はなくならない。

大人しく待てないのはもう性格なんだろう。

「今は地味婚なんて言葉も聞くが、お父さんとしてはやっぱり式くらいは豪勢にぱぁっとやるのがいいと思うんだよなぁ」

嫌な予感が当たり、眉を寄せてお父さんを睨む。

「そういうのやめて。付き合いだしてまだ一年ちょっとだって話したでしょ」

「いや、だって、友里が恋人を連れてきたのなんか初めてだろう。高校の頃も彼氏はいたっぽかったが、名前すら教えてくれなかったもんなぁ」

いらない昔話をされ、呆れてため息をつく。

別に、高校の頃の話なんて誰も気にしないだろうけれど、松浦さんの前でわざわざ出す話題でもない。

「とにかく、そういう話はいいってば」と語気を強めた私を、松浦さんが軽く手を上げ止める。

そして私と目を合わせ微笑んだ後、お父さんの方に向き直った。

「挨拶は、いずれまた、機会を改めてきちんとさせていただくつもりです」

松浦さんの言葉に、お父さんは満足そうに目を細め「そうか！　わかった」と何度も頷き、お母さんはにこにこと嬉しそうに笑っていた。

お兄ちゃんは気に入らなそうに頬杖をつきそっぽを向いていて……私はといえば、ただ目を丸くして言葉を失っていた。

二時間ほど話した後、両親に見送られ帰途に就く。行きは順調だった道は、車でぎゅうぎゅうにつまり、そこらじゅうでストップランプが点灯を繰り返していた。

どうやら近くに大きな神社があるらしく、そこの初詣行列に巻き込まれたようだった。

「どうせなら初詣していく？　この車線にいれば自動的に駐車場に入れそうだけど」

ハンドルを持つ松浦さんに聞かれる。

首を傾けて覗くように前方を見れば、もう駐車場まで十メートルほどだった。駐車場が大きいのか、回転も速い。

「そうですね。こういうのもなにかの縁ですし」

うちはお墓とかそういう観点から見れば仏教なんだろうけれど、宗派とかはよくわからないし意識したこともない。いつもは会社近くの神社で済ませるけれど、今年はここで初詣するのもいいかもしれない。

五分弱待ち、無事駐車した後、歩いて神社に向かう。

ここは第二駐車場らしく、神社までは数百メートルほど距離があるとのことで、歩道をふたり並んで歩く。まだ十五時過ぎとはいえ、真冬だ。気温的にはもう夜に向けて下がり始めている。一応、厚いコートを着てきておいてよかった。

「寒くない？」

歩きながら聞かれる。差し出された手を握ると、松浦さんの方が温かい。

「大丈夫です。松浦さん、手、あったかいですね」

神社の前につくと、参拝客が鳥居の前まであふれていた。

最後尾に並びながら順番を待つ。大きな神社で、境内にはいくつもの屋台が出ているのが見える。

「友里ちゃんは冷え性だよね。寝る時もつま先冷えてるし。俺の足から暖をとってるもんね」

「松浦さんの体温が高くて助かります。家では湯たんぽ必須ですから」

「自分の体温が高くてよかったって初めて思った」

ははっと笑った松浦さんが、不意に覗き込むようにして目を合わせてくる。

じっと見つめてくる瞳に、なにかと思っていると。

「高校の頃の彼氏も体温高かった？」

そんなことを聞いてくるから、呆れ笑いがこぼれた。

まさか気にしているなんて思わなかった。

「さぁ。もう忘れました」

「彼氏がいたことは否定しないんだ」

「まさか、昔の話に本気で妬いたりしてませんよね？」

もう六年くらい前の話だ。いくらなんでも、そんな昔の恋人に嫉妬されても困る。

そんな思いで見ていると、松浦さんは「んー」と悩ましい声で唸った後、私を見た。

「悔しい気持ちはあるかな。高校の頃の友里ちゃんを知ってるわけだし。どんな付き合いだったんだろうって想像するとイラッとはする」

「……そんなこと言い出したら、私は何十人に嫉妬すればいいんでしょうね」

松浦さんのこれまでの恋愛スタイルは知っているから、過去に遊んだ女の子に妬いたりはしない。逆に、松浦さんに振り回された女の子側をかわいそうだな……とは思うけれど、それだけだ。

だから嫌味のつもりで言った言葉だったのに、松浦さんはなぜか嬉しそうに「妬いてくれるの？」なんて聞いてくるから笑ってしまった。

「さぁ。どうですかね」

「でも、何十人はおおげさだよ」

「どうですかね」

そんな会話をしているうちに列は進み、気づけば本堂の目の前まで来ていた。お賽銭をお財布から出し、神社での参拝の仕方を頭の中でおさらいする。私たちの番になったので、鈴を鳴らし、お賽銭の後に二拝二拍手一拝し、手を合わせて願い事を思い浮かべた。

毎年、家族の健康と平和な日常ばかりを願っているけれど、去年の初詣からそこに松浦さんの存在も加わったのは私と神様だけの秘密だ。

もっとも、縁結びで有名な神様らしいから、どこまで効くかは不明だけれど。

——そう。いくら縁結びの神様が相手だったとしても、私はきちんと、平和な日常を願った。ついさっきのことだ。神様だって記憶に新しいはず。……それなのに。

お参りを済ませ、駐車場まで歩いていた時、事件は起こった。車に乗ろうとしたところで「松浦」という声が聞こえ、振り向いた先にいた人物に〝終わった〟という感想が浮かんでしまったのは仕方ないと思う。

そこに立っていたのは、数カ月前、経営企画部に異動してきた三村《みむら》部長だった。

ニコニコと笑顔を浮かべながら近づいてきた部長に、松浦さんが頭を下げる。

「部長、明けましておめでとうございます」

「ああ。おめでとう。こんなところで会うなんてすごい偶然だなぁ。毎年ここに来てるのか?」

「いえ。たまたま通りがかったので寄ってみたんですが……部長は毎年この神社に?」

「ああ。この神社の空気が合ってるみたいで、初めてここに参拝してからもう二十年近くこの神社ひと筋だ」

部長はどうやらおひとりで来ているらしく、周りには部長を待っている様子のひとは見受けられなかった。

松浦さんと会話しながらも、部長の視線はチラチラと私に向けられている。挨拶した方がいいのだろうけれど……ためらうのは、部長が私を知らない可能性を考えるからだ。

部署も違うし、同じ会社だと気付かれていないなら、このままスルーしてしまいたい。ふたりで初詣していたなんて知られたらいろいろ面倒だ。

だから、部長と目が合っても控えめに微笑むだけに留めていたのだけれど。

「どこかで見た顔なんだよなぁ。……キミ、うちの会社か？」

部長のひと言に、微かな希望が打ち砕かれた。

終わった……と再度思いながら頭を下げ挨拶する。

「はい。挨拶が遅れてすみません。第二品管の篠原です」

部長は「ああ、そうか」と納得がいったような顔で頷く。

「加賀谷のところか。なかなか地味に大変な部署で頑張ってるんだな」

第二品管が請け負う仕事を知っているのか、ねぎらわれる。

去年まで第二品管の部長だった多田さんなんて、自分の部署の仕事内容すら把握していなかったのに、経営企画部の部長はうちの部署のこともそれなりにわかってくれているのか。

その差に驚いていると、部長はじろりと松浦さんと私を観察するように見て「ところで」と話題を変える。

その顔はにやけていた。

「ふたりで仲良く初詣か？」

私が三度目の〝終わった……〟を頭の中に浮かべていると、松浦さんが「あー……まぁ、はい」と頷く。

その返答に、部長は弾けたような笑顔になった。

「へぇ……！　いやいや、社内の相手と正月からふたりきりで初詣……となると、もう確実に真剣交際だな。はー、まさか松浦がなぁ」

松浦さんの昔の恋愛スタイルは、部長にまで知れ渡っているんだろうか……。だとしたら、人間性を疑われて仕事に響いたりしないだろうか。

一抹の不安を抱いたけれど、きっと深い意味はないんだろうと思い直す。あれだけ噂があれば、部長の耳にだって入る。軽くからかっているだけだろう。

珍しいものでも見たように喜んでいる部長に耐えきれなくなったのか、松浦さんが苦笑いを浮かべる。

「部長、そのへんで勘弁してください」

「そうだな。俺も邪魔したいわけじゃないんだ。もう行くよ」

あっさりと引き上げてくれた部長が「また会社でな」と背中を向ける。

松浦さんとふたりで「お疲れ様でした」と頭を下げてから、部長の背中を眺め……口を開いた。

「あの、松浦さん。三村部長の口の軽さって……」

チラッと見上げると、困り顔で微笑む松浦さんと目が合った。

「友里ちゃんの心配している通り、吹けば飛ぶくらいに口が軽いって有名だよ」

「すごいご機嫌にニヤニヤしてましたよね。スキャンダルゲット的な」

松浦さんとの関係は意識して隠しているわけではない。それでも、知りもしない社員におもしろおかしくどんどん広まってしまうことを考えると今から頭が痛かった。

周りからおかしな眼差しを向けられながらの仕事はやりづらい。

仕事始めのことを考え気を重たくしている私を見た松浦さんが、申し訳なさそうに眉を下げる。

「ごめんね」

「あ、いいえ。松浦さんのせいじゃありませんし、気にしないで……」

「それもあるけど。部長にバレたことで、なんかそういうことかって俺は納得しちゃったから」

どういう意味だろう。

そこで一度言葉を切った松浦さんが、私の左手をすくい上げる。そして、薬指で光る指輪を親指で撫でた。

指の上で浅い角度でクロスする形の指輪はピンクゴールドで、いくつもの小さなダイヤが埋まっている。クリスマスプレゼントに松浦さんからもらったものだ。

その指輪を眺めながら、松浦さんが続ける。

「この指輪選んでる時、少し考えたんだ。友里ちゃんとの未来。だから、お父さんが結婚って言い出した時もそこまで驚かなかった」

指輪を贈られた時、私だってなにも考えなかったわけじゃない。

軽い気持ちでは選ばないような指輪を、こんな、嫌でも意味を持ってしまう指にはめられたら意識だってしてしまう。

「友里ちゃんからしたら迷惑でしかないんだろうけど。俺的には、自分でも考えてたところに友里ちゃんからご実家に招待してもらえて、お父さんからも結婚の話題が出て、部長にもバレた……っていうのはそういうタイミングなのかなって考える」

なにも言えない私を見た松浦さんは「友里ちゃんもさっき、なにかの縁だって言ってたしね」と口の端を上げた。

確かに言った。

たまたま通りがかったし、これもなにかの縁だからここの神社で初詣をするのもいいかもしれないと。でも、そんなつもりはなかっただけに、未だなにも言えずにいると。

「友里ちゃんのお父さんに言った〝いずれまた〟ってやつ。案外、すぐかもね」

松浦さんがそう微笑む。

言葉をなくしながら、そういえばこの神社は縁結びで有名なんだっけ、と思い出していた。

クリスマスに続いて、ここでも松浦さんの願い事の方が思いが強かったとか、そういうことだろうか。サンタさんも神様も、松浦さんを贔屓しすぎじゃないだろうか。

目の前で微笑む松浦さんに、そう遠くない未来、プロポーズされるのかもしれないと想像しただけで、胸が騒がしかった。

どうやら私の春は近いらしい。

END

あとがき

こんにちは。ｐｉｎｏｒｉです。数ある書籍のなかから、こちらの本を手にとっていただき、ありがとうございます。

相手が同じ職場のせいで片想いをこじらせている不器用な友里と、バランスが取れなくなることを恐れて外面でしか生きられない松浦。書いていて楽しいふたりでした。

違うお話のあとがきでも触れたかもしれませんが、私は、色々な事情から閉じこもっているヒーローの内側に続く扉を、ヒロインがこじ開けて外に連れ出すお話が好きです。方法としては、じっくりと時間をかけた話し合いの末でも、バールのようなもので有無を言わさず強行突破するものでも、どちらも好きです。

こちらの作品は前者だったので（そのつもりです）、いつか後者も書いてみたいなぁと思っております。

さて。私事ではありますが、こちらの作品は、担当編集さんからお話をいただいたとき、一度はお断りした作品でした。私の私生活に余裕がないことが理由でした。

私の場合、小説を書いている以上、夢はいつだって書籍化です。なので、お話をいただけたのにそれを断るということは、苦渋の決断でした。相当落ち込みました。

お断りのメールの返事に、担当さんは「いずれまた」と言ってくださり、私はそれを社交辞令と受け取っていたのですが、季節が過ぎ、こうして書籍化する運びとなったのは、担当さんがその約束を実現してくださったからです。

素敵なお話を書く作家さんは他にもたくさんいるのに、もう一度声をかけてくださったこと、本当に嬉しかったです。そういった意味でも、もともとお気に入りの作品という意味でも、こちらの作品は忘れられないものとなりました。

そんな作品が、皆様のお手元に形として届いたこと、とても嬉しく感じております。ありがとうございます。

今回、文庫化にあたりご協力いただいたスターツ出版様、担当編集の森様、丸井様。

戸惑う友里と、友里に「オオカミに似てますね」と言われた松浦を、とても魅力的に素敵に描いてくださった水野かがり様。

そして、なにより、この作品を読んでくださった読者様。この作品に携わってくださったすべての方に感謝しております。ありがとうございました。

pinori《ぴのり》

pinori 先生への
ファンレターのあて先

〒104-0031
東京都中央区京橋 1-3-1
八重洲口大栄ビル7F
スターツ出版株式会社　書籍編集部　気付

pinori 先生

本書へのご意見をお聞かせください

お買い上げいただき、ありがとうございます。
今後の編集の参考にさせていただきますので、
アンケートにお答えいただければ幸いです。

下記 URL または QR コードから
アンケートページへお入りください。
https://www.berrys-cafe.jp/static/etc/bb

ベリーズ文庫

オオカミ御曹司、渇愛至上主義につき

2020年3月10日　初版第1刷発行

著　者　pinori
©pinori 2020

発行人　菊地修一

デザイン　カバー　井上愛理（ナルティス）
フォーマット　hive & co.,ltd.

校　正　株式会社鷗来堂

編集協力　平林理奈

発行所　スターツ出版株式会社
〒104-0031
東京都中央区京橋1-3-1　八重洲口大栄ビル7F
TEL　出版マーケティンググループ　03-6202-0386
（ご注文等に関するお問い合わせ）
URL　https://starts-pub.jp/

印刷所　大日本印刷株式会社

Printed in Japan

乱丁・落丁などの不良品はお取替えいたします。
上記出版マーケティンググループまでお問い合わせください。
定価はカバーに記載されています。

ISBN 978-4-8137-0866-7　C0193

ベリーズ文庫 2020年3月発売

『見習い夫婦～エリート御曹司と交際0日で妊活はじめます～』　葉月《はづき》りゅう・著

家業に勤しむ希沙は、恋と縁遠い干物女子。ある日、仕事で訪れた旧華族の末裔である若社長・周に「君を娶りたい」と初対面でプロポーズされ、なんと交際ゼロ日で彼の新妻に…！　新婚生活が始まると、クールな周が豹変。迫られて戸惑う希沙の態度が、周の独占欲を煽り、甘さたっぷりに溺愛されて…⁉

ISBN 978-4-8137-0863-6／定価：本体650円＋税

『婚前溺愛～一夜の過ちから夫婦はじめます～』　未華空央《みはなそらお》・著

友人に頼まれ婚活パーティーに参加した里桜。かばんを盗まれ困っていたところをイベントの主催の社長・成海に助けられる。お詫びにと2人に飲みに行くことになり、そのまま一夜を共にしてしまう。手の届かない人と想いを抱きながらも諦めようとする里桜だが、見合いの相手として現れたのは成海で…⁉

ISBN 978-4-8137-0864-3／定価：本体650円＋税

『【極上旦那様シリーズ】きみのすべてを奪うから～クールなCEOと夫婦遊戯～』　宝月《ほうづき》なごみ・著

恋愛経験ゼロの箱入り娘・美織は、政略結婚の前日に一夜限りの夜遊びを企てる。相手は超イケメンで女性慣れしている尊で、とろけるような一夜を過ごす。一生の秘密と心に誓った美織だったが、なんと翌日政略結婚の相手として現れたのは尊だった！　美織の動揺をよそに尊はさっそく同居を提案してきて…⁉

ISBN 978-4-8137-0865-0／定価：本体640円＋税

『オオカミ御曹司、渇愛至上主義につき』　pinori《ぴのり》・著

恋愛に不器用なOLの友里は、ある日突然エリートでイケメンの先輩・松浦から「俺と付き合わない？」と告白される。しかし松浦は超女たらしともっぱらの噂。遊び人の気まぐれと受け流していたが、仕事でのピンチを救ってくれるなど真面目で頼りがいのある一面を知って思わずドキッとしてしまい…⁉

ISBN 978-4-8137-0866-7／定価：本体650円＋税

『偽装新婚～イジワル御曹司の偏愛からは逃げられない～』　一ノ瀬千景《いちのせちかげ》・著

結婚を焦る地味OLの華は、家柄・学歴とも超優良、社内の結婚したい男No.1の光一からプロポーズされ、スピード結婚！　ところが新婚初日、「社会的信用のために結婚しただけ」と仮面夫婦宣言されて⁉　〝人として腐ってる〟彼に不満を感じつつ同居生活を送る華。ある日「仲良し夫婦大作戦」を提案し…。

ISBN 978-4-8137-0867-4／定価：本体650円＋税

タイトル、価格等は変更になることがございますのでご了承ください。

ベリーズ文庫 2020年3月発売

『追放された悪役令嬢ですが、モフモフ付き!?スローライフはじめました2』　友野紅子《とものこうこ》・著

前世大好きだった乙女ゲームの悪役令嬢・アイリーンに転生した愛莉。シナリオ通り学園を追放され田舎町でカフェを営むアイリーンは、先祖返りしたモフモフの皇子と共に第二の人生を満喫中！　ところがある時、隣国のイケメン王子から王宮菓子職人として招かれることになって…!?　シリーズ第二弾！

ISBN 978-4-8137-0868-1／定価：本体640円＋税

『ようこそ異世界レストランへ～食材召喚スキルで竜騎士をモフモフ手懐けます～』　藍里《あいさと》まめ・著

小料理屋で働く美奈は、暑さにやられて意識を失い性悪美女・ミーナに転生してしまう。しかも1日1000円までの食材召喚スキルも手にしていて!?　働き者の美奈はレストランを手伝いながら料理をして暮らすことに。美奈が作る日本の家庭料理に、お店の常連で竜騎士のライアスは胃袋を掴まれていき…!?

ISBN 978-4-8137-0869-8／定価：本体640円＋税

ベリーズ文庫 2020年4月発売予定

Now Printing

『猛獣御曹司にお嫁入り～私、今にも食べられてしまいそうです～』 砂川雨路《すながわあめみち》・著

デパートの社長令嬢・幾子は、大企業の社長・三実に嫁ぐことに。形だけの結婚と思っていたのに、初夜を迎えるやいなや、彼は紳士的な態度から一転、獰猛な獣のごとく幾子に容赦なく迫ってくる。「覚悟を決めろ。おまえは俺のものになる」――箍が外れたかのように欲望をぶつけられ、身も心も籠絡されて⁉

ISBN 978-4-8137-0880-3／予価600円＋税

Now Printing

『君に二度目の恋をする』 佐倉伊織《さくらいおり》・著

大手メーカーで働く忍は、上司で御曹司の浅海と恋に落ちる。しかし浅海には親が決めた結婚相手が。周囲から結婚に猛反対されてしまった忍は子供を身ごもるも、身を引きひっそりと出産をすることに。しかし数年後、慎ましくも穏やかに暮らしていた忍の元に、浅海がやってきて結婚宣言されてしまい…⁉

ISBN 978-4-8137-0881-0／予価600円＋税

Now Printing

『狼社長と甘い政略結婚』 皐月《さつき》なおみ・著

上司である副社長・加賀から突然、求婚された由梨。これは敵の多い彼が穏便に社長になるための政略結婚と説明され、納得した彼女は受け入れる。社長となった彼とは結婚後も〝上司と部下〟の距離を保っていたが、ある夜、加賀に激しく抱きしめられ、「君の中で、俺はまだ社長のままか？」と甘く囁かれ…。

ISBN 978-4-8137-0882-7／予価600円＋税

Now Printing

『愛おしいから守りたい』 滝井《たきい》みらん・著

地味OLの美織は、ある日男に襲われそうになったところを、憧れの人である玲司に助けられる。心配した玲司は強引に美織を同居させることに。実は玲司は大手商社の御曹司で、大人の魅力全開で美織をこれでもかと甘やかしてくれる。恋心が抑えきれない美織に、玲司はさらに甘いキスを仕掛けてきて…⁉

ISBN 978-4-8137-0883-4／予価600円＋税

Now Printing

『結婚プロローグ～離婚前提なのに、なぜか愛されています』 紅《くれない》カオル・著

フラワーショップに勤める百々花はある朝目覚めると、憧れのブライダル会社社長・千景のベッドにいた。その前夜、酔った勢いで離婚前提の契約結婚に承諾していたのだ。偽りの結婚のはずが、いざ同居が始まると本当の妻のように大切にされる百々花。毎晩のおやすみのキスで溺愛に拍車がかかっていき…。

ISBN 978-4-8137-0884-1／予価600円＋税

タイトル、価格等は変更になることがございますのでご了承ください。

ベリーズ文庫 2020年4月発売予定

『最愛なる、妻へ』 桃城猫《ももしろねこ》緒《お》・著

Now Printing

大帝国の皇帝・イヴァンは隣国の美しき王女・ナタリアを娶る。彼女を子供の頃から愛し続けていたイヴァンは妻を過保護に寵愛するが、幼い日のある出来事に彼女の心は固く閉ざされてしまっていた。「お前は俺の妻だ。誰にも渡さない」——冷徹な皇帝の一途で切ない愛に、ナタリアの恋心は揺さぶられて…。

ISBN 978-4-8137-0885-8／予価600円＋税

『悪役令嬢って何をすれば良いんだっけ』 soy《そい》・著

Now Printing

前世、ラノベ好きの女性だった記憶を取り戻した令嬢のカーディナル。なんと、乙女ゲームの悪役令嬢に転生していたのだ!? だけど、小説ばかり読んでいて乙ゲーをしたことがないカーディナルは、破滅フラグを回避する方法がわからない。こうなったら、とことん悪役令嬢に徹すると決心したものの…!?

ISBN 978-4-8137-0886-5／予価600円＋税

『異世界プリン無双』 森《もり》モト・著

Now Printing

行き遅れ令嬢のシーナは突然前世の記憶が甦る。「プリンが食べたい！」しかし異世界にプリンなるものは存在しない。シーナは幼なじみの菓子職人セボンと各地の卵を取り寄せ試行錯誤の末、究極のプリンを完成させる。シーナのプリンは空前の大ヒット！　そんなある日王太子がある相談を持ちかけてきて…。

ISBN 978-4-8137-0887-2／予価600円＋税